O GATO SOLTEIRO
E OUTROS BICHOS

CARLOS DRUMMOND DE ANDRADE

O GATO SOLTEIRO
E OUTROS BICHOS

ORGANIZAÇÃO
Pedro Augusto Graña Drummond

1ª edição

2022

CONSELHO EDITORIAL
Afonso Borges, Edmílson Caminha,
Livia Vianna, Luis Mauricio Graña Drummond,
Pedro Augusto Graña Drummond,
Roberta Machado, Rodrigo Lacerda
e Sônia Machado Jardim

DESIGN DE CAPA
Leonardo Iaccarino

IMAGEM DE CAPA
lisima / Adobe Stock

PESQUISA ICONOGRÁFICA
Joana Schwab

FOTO DRUMMOND (ORELHA)
Acervo da família Drummond, 1985.

CIP-BRASIL. CATALOGAÇÃO NA PUBLICAÇÃO
SINDICATO NACIONAL DOS EDITORES DE LIVROS, RJ

A566g

Andrade, Carlos Drummond de, 1902-1987
O gato solteiro e outros bichos / Carlos Drummond de Andrade ; organização Pedro Augusto Graña Drummond. – 1. ed. – Rio de Janeiro : Record, 2022.

ISBN 978-65-5587-526-3

1. Poesia brasileira. 2. Contos brasileiros. 3. Crônicas brasileiras. I. Drummond, Pedro Augusto Graña. II. Título.

22-78787

CDD: 869
CDU: 821.134.3(81)

Meri Gleice Rodrigues de Souza - Bibliotecária - CRB-7/6439

Carlos Drummond de Andrade © Graña Drummond
Organização © Graña Drummond
www.carlosdrummond.com.br

IMAGENS DO MIOLO Adobe Stock: artbalitskiy (p. 272, 279); lisima (p. 48) | iStock: artbalitskiy (p. 120); asmakar (p. 36, 39, 300); benoitb (p. 178); Campwillowlake (p. 17); clu (p. 77, 161); denisk0 (p. 25, 106, 213); Grafissimo (p. 189); Hein Nouwens (p. 50, 133); ilbusca (p. 18, 21, 63, 81, 85, 94, 102-103, 154, 166, 170, 241); ivan-96 (p. 274); Nastasic (p. 137, 228-229, 252); NSA Digital Archive (p. 118-119, 192); Olha Saiuk (p. 195); pictore (p. 78); retrofutur (p. 27) | Pixabay: Gordon Johnson (p. 96, 249); Tirriko (p. 245); Vizetelly (p. 261)

Todos os direitos reservados. Proibida a reprodução, armazenamento ou transmissão de partes deste livro, através de quaisquer meios, sem prévia autorização por escrito.

Texto revisado segundo o Acordo Ortográfico da Língua Portuguesa de 1990.

Direitos exclusivos desta edição reservados pela
EDITORA RECORD LTDA.
Rua Argentina, 171 – Rio de Janeiro, RJ – 20921-380 – Tel.: (21) 2585-2000.

Impresso no Brasil

ISBN 978-65-5587-526-3

Seja um leitor preferencial Record.
Cadastre-se em www.record.com.br
e receba informações sobre nossos
lançamentos e nossas promoções.

Atendimento e venda direta ao leitor:
sac@record.com.br

Sumário

Um dia os bichos se reuniram,
por Pedro Augusto Graña Drummond   11

I – O pássaro é livre na prisão do ar

Beija-flores do Brasil   21
Verão excessivo   23
Andorinhas de Atenas   25
Pavão   27
A hóspede importuna   29
O passarinho em toda parte   31
Nova canção do exílio   33
Tucano   35

II – A sorte geral dos gatos

O gato solteiro   39
O sexto gato   41
Perde o gato   43
Dois sonhos   47
O gato falou   49

III – A um cachorro de minhas relações

Meu companheiro 53
O cão viajante 63
Um cão, outro cão 67
O cão de dois donos 73
O assalto 77

IV – Há cada vez mais elefantes voando no Brasil

Elefantes 81
Elefantex S.A. 85
O elefante 89

V – A cavalo melhor se chega ao céu

Parêmia de cavalo 97
Surpresa 99
Mulinha 101
Estrada 103
Açoita-cavalo 105

VI – À minha porta um boi

Melinis minutiflora 109
Primeiro automóvel 111
Boitempo 113
Episódio 115
Um boi vê os homens 117
O belo boi de Cantagalo 119

VII – Todo animal é mágico

Nomes 123
História mal contada 125
O papagaio premiado 127
Os licantropos 129
Leite sem parar 131
A bailarina e o morcego 133
O lazer da formiga 135
O amor das formigas 137
Bichos, ainda 139
O rato e o canário 143
Rick e a girafa 147
Duas girafas 149
História natural 153

VIII – A reunião dos bichos

Estória 157
Na cabeceira do rio 161
Fábula 163
Caso de baleias 167
Leão-marinho 169
Peixe-boi 171
Subsistência 175
Fera 177

IX – Ao abrigo dos animais

Os bichos estranhos 181
Os bichos chegaram 185
A visita da borboleta 189

X – Maltratar animais é uma forma de desonestidade

Anedota búlgara	195
Civilização	197
Anta	201
Da utilidade dos animais	203
Os animais, a cidade	207
Matar	211
Jacaré-de-papo-azul	213
Salvar passarinho	225
Outra barata	229
O pintinho	233
Elegia de Baby	237
Caso de canário	241
Meu verdoengo tucano	245
Elegia a um tucano morto	247
Alta cirurgia	249

XI – Amar os animais

Chamado geral	255
Ultratelex a Francisco	257
A tartaruga	261
Gato na palmeira	265
O boi e o burro explicados	269

XII – Os bichos ainda não governam o mundo

Bicho não fala? Fala   275
Conheça e divulgue os direitos
do animal   279
Ai, natureza!   285

Fontes   289
Autobiografia para uma revista   295

UM DIA OS BICHOS SE REUNIRAM

> *O animal costuma compreender mais e melhor*
> *a nossa linguagem do que nós a deles.*
> Carlos Drummond de Andrade

Ao longo de sua carreira literária, CDA defendeu a vida animal com os meios ao seu alcance. Os bichos estão presentes em sua obra: no livro infantil *História de dois amores*, que conta as aventuras do elefante Osbó e seu amigo "pulgo"; em seu último poema "Elegia a um tucano morto", escrito no fim de janeiro de 1987, que é um canto trágico à breve vida de um tucano retirado de seu *habitat*, e em muitos outros textos não incluídos nesta coletânea.

Junto com Lya Cavalcanti, amiga e grande defensora dos animais, criou o periódico *A Voz dos que Não Falam*, para despertar a consciência do sofrimento dos animais e instigar os leitores a evitá-lo.

Quando cita o filósofo Jules de Gaultier, na crônica "Os bichos" (*Correio da Manhã*, 7/2/1954), o poeta nos oferece uma lição de vida: "Eles [os bichos] reeducam em nós um sentido perdido: ensinam-nos a viver o instante."

Ao homenagear o defensor dos animais e escritor francês Paul Léautaud, na crônica "O velho e os bichos" (*Correio da Manhã*, 8/3/1956), Carlos afirma com sua habitual clareza: "A velha questão se coloca mais uma vez: amar demasiado os animais não será fraudar em proporção os nossos semelhantes? A meu ver, é uma forma de corrigir a indiferença ou a crueldade de muitos desses 'semelhantes' para com todo ser vivo que não tenha a sua forma zoológica. Se é um amor de protesto, não exclui, antes conserva em sua base, o sentimento de universalidade, que deve estar na raiz do humano."

No aforismo "Animal", do livro *O avesso das coisas*, Carlos nos diz: "A superioridade do animal sobre o homem está, entre outras coisas, na discrição com que sofre."

Estas manifestações de amor aos animais, que Carlos soube transmitir à filha Maria Julieta e aos três netos portenhos, refletem a consciência daquilo que precisamos aprender dos nossos companheiros de vida neste planeta.

Lembro quando Carlos pediu minha ajuda para resgatar uma pequena osga que tinha entrado em seu escritório. Com todo cuidado, usando uma caixa de sapatos e uma folha de papel, capturamos a pequena *Hemidactylus frenatus* sem feri-la e a soltamos no jardim da entrada do prédio. Missão cumprida: a lagartixinha libertada embrenhou-se logo entre as folhas da trepadeira que crescia rente à parede. Hoje, cada vez que vejo nesse jardim uma osga à espreita de algum inseto distraído, me pergunto se não será descendente daquela que resgatamos há uns 40 anos. Provavelmente sim! Como ele mesmo disse de Paul Léautaud, Carlos foi "um homem compadecido da muda miséria dos animais".

Quem sabe, com a leitura destes textos, tenhamos mais empenho em compreender os animais e, se não amá-los por sua natural beleza, ao menos protegê-los incondicionalmente da terrível ameaça de extinção.

Pedro Augusto Graña Drummond

O GATO SOLTEIRO
E OUTROS BICHOS

*Os animais não foram consultados por Esopo sobre
o sentido das fábulas.*
Carlos Drummond de Andrade

I

O PÁSSARO
É LIVRE
NA PRISÃO
DO AR

BEIJA-FLORES DO BRASIL

O Beija-Flor pousa na página
que se irisa com seu fulgor.
Rápido foge e deixa apenas,
no branco, uma ilusão de cor.

VERÃO EXCESSIVO

"Eu sei que uma andorinha não faz verão", filosofou a andorinha-de-barriga-branca. "Está certo, mas agora nós somos tantas, tantas, no beiral, que faz um calor terrível, e eu não aguento mais!"

ANDORINHAS DE ATENAS

As andorinhas de Atenas são descendentes em linha direta daquelas que viviam no tempo de Anacreonte e que pousavam no ombro do poeta quando ele libava nas tavernas.

Esta informação, ministrada ao turista pelo guia, não mereceu crédito. Anacreonte (ponderou o visitante) não era de frequentar tavernas. Sentava-se à mesa dos poderosos e gozava de alta cotação social.

O guia não se impressionou com os conhecimentos biográficos:

— Pois olhe. Essas andorinhas foram trazidas de Samos pelo próprio Anacreonte, que por sinal selecionava as mais gordinhas para almoço. Era doido por andorinha no espeto.

— Como pode saber disto? – objetou o turista.

— Bem se vê que o senhor não conhece a *Antologia palatina*.

— Conheço-a, foi objeto da minha tese de mestrado, e não vi no texto uma linha que conte essa fábula.

— Meu caro senhor, peço licença para me retirar. Quem não acredita nas minhas histórias dificilmente levará uma boa impressão de Atenas.

E afastou-se com a maior dignidade.

PAVÃO

A caminho do refeitório, admiramos pela vidraça
o leque vertical do pavão
com toda sua pompa
solitária no jardim.
De que vale esse luxo, se está preso
entre dois blocos do edifício?
O pavão é, como nós, interno do colégio.

A HÓSPEDE IMPORTUNA

O joão-de-barro já estava arrependido de acolher em casa a fêmea que lhe pedira agasalho em caráter de emergência. Ela se desentendera com o companheiro e este a convidara a retirar-se. Não tendo habilidades de construtor, recorreu à primeira casa de joão-de-barro que encontrou, e o dono foi generoso, abrigando-a.

Sucede que o joão-de-barro era misógino, e construíra a habitação para seu uso exclusivo. A presença insólita perturbava seus hábitos. Já não sentia prazer em voar e descansar, e sabe-se como os joões-de-barro são joviais. A fêmea insistia em estabelecer com ele o dueto de gritos musicais, e parecia inclinada a ir mais longe, para grande aborrecimento do solitário.

Então ele decidiu pedir o auxílio de um colega a fim de se ver livre da importuna. O amigo estava justamente tomando as primeiras providências para fazer casa. "Antes de prosseguir, você vai me fazer um obséquio", disse-lhe. "Vamos até lá em casa e veja se conquista uma intrusa que não quer sair de lá."

O segundo joão-de-barro atendeu ao primeiro e, no interior da casa deste, cativou as graças da ave. Achou-se tão bem lá que não quis mais sair. Para que iria dar-se o trabalho de construir casa, se já dispunha daquela, com amor a seu lado?

Assim quedaram os três, e o dono solteirão, sem força para reagir, tornou-se serviçal do par, trazendo-lhe alimentos e prestando pequenos serviços. Ainda bem que construíra uma casa espaçosa – suspirava ele.

O PASSARINHO EM TODA PARTE

Bem te vi, bem-te-vi
bem te ouvi recitando
e repetindo nítido
teu bentibentivismo.
Bem te vi lá na roça
nas árvores, nas águas,
bem te vi na cidade
que prolongava a roça,
bem te vi no Jardim
da República sobre
o cupim das cutias
estátuas no gramado,
bem te vi na Argentina
quando o chá na planície
chamava a revoada
de borboletas trêmulas
sobre o azul da piscina,
bem te vi, bem te vejo
na vasta galeria

de bichos e de coisas
irmãos de nossa vida
a esvoaçar na voz
dos mais velhos que ensinam
o almanaque da terra,
bem te vi, bem te vejo
presente entre as ausências
que me vão rodeando
e quando bem te avisto
e te ouço, eis que me assisto
devolvido ao primeiro
bem-ver-ouvir do prístino
bem-te-vi bentivisto.

NOVA CANÇÃO DO EXÍLIO

A Josué Montello

Um sabiá
na palmeira, longe.
Estas aves cantam
um outro canto.

O céu cintila
sobre flores úmidas.
Vozes na mata,
e o maior amor.

Só, na noite,
seria feliz:
um sabiá,
na palmeira, longe.

Onde é tudo belo
e fantástico,

só, na noite,
seria feliz.
(Um sabiá,
na palmeira, longe.)

Ainda um grito de vida e
voltar
para onde é tudo belo
e fantástico:
a palmeira, o sabiá,
o longe.

TUCANO

Este artista-pintor, que a si mesmo se pinta,
em seu bico teatral carrega mais na tinta.

II

A SORTE GERAL
DOS GATOS

O GATO SOLTEIRO

No apartamento da Rua Aguero,
ao nível coriáceo de um sapato,
espreita, imperial, sem desespero,
        o gato.

Entre Cruz do Sul, a rota, e Sião
é longa. Está só, mês após mês,
condenado a, de si mesmo, irmão
        siamês.

O SEXTO GATO

Nasceram sete gatinhos da gata siamesa, mas o sétimo era mofino, e a mãe não lhe deu apreço, pelo que o coitado achou de bom aviso raspar-se deste mundo com a maior discrição.

Os restantes cresceram na forma habitual, e à medida que cada um se desenvolvia a gata se considerava quite com ele, dispensando-se de amamentá-lo e lambê-lo. Sabendo que esta é a lei natural, eles saíam muito lampeiros para viver a vida.

O último, porém, não quis desligar-se da proteção materna. Deixar de mamar ele admitia, mas deixar de ser lambido e de dormir encostado à mãe, isso nunca.

Resultou que a gata, a princípio aborrecida, acabou se conformando com a companhia do gato já florido e maior do que ela, e daí por diante esqueceu as regras da espécie, passando a ser a primeira supermãe felina.

O dono quis separá-los para vender a cria. A mãe ferrou-lhe uma unhada no traseiro, que o fez desistir do negócio.

Mãe e filho, inseparáveis e castos, foram objeto de programas de televisão do Dia das Mães e do Dia dos Gatos, mas queixavam-se da publicidade. Preferiam dormir nessas ocasiões.

PERDE O GATO

Um jornal é lido por muita gente, em muitos lugares; o que ele diz precisa interessar, se não a todos, pelo menos a certo número de pessoas. Mas o que me brota espontaneamente da máquina, hoje, não interessa a ninguém, salvo a mim mesmo. O leitor, portanto, faça o obséquio de mudar de coluna. Trata-se de um gato.

Não é a primeira vez que o tomo para objeto de escrita. Há tempos, contei de Inácio e de sua convivência. Inácio estava na graça do crescimento, e suas atitudes faziam descobrir um encanto novo no encanto imemorial dos gatos. Mas Inácio desapareceu – e sua falta é mais importante para mim do que as reformas de ministério.

Gatos somem no Rio de Janeiro. Dizia-se que o fenômeno se relacionava com a indústria doméstica das cuícas, localizada nos morros. Agora ouço dizer que se relaciona com a vida cara e a escassez de alimentos. À falta de uma fatia de vitela, há indivíduos que se consolam comendo carne de gato, caça tão esquiva quanto a outra.

O fato sociológico ou econômico me escapa. Não é a sorte geral dos gatos que me preocupa. Concentro-me em Inácio, em seu destino não sabido.

Eram duas da madrugada quando o pintor Reis Júnior, que passeia a essa hora com seu cachimbo e o seu cão, me bateu à porta, noticioso. Em suas andanças, vira um gato cor de ouro como Inácio – cor incomum em gatos comuns – e se dispunha a ajudar-me na captura. Lá fomos sob o vento da praia, em seu encalço. E no lugar indicado, pequeno jardim fronteiro a um edifício, estava o gato. A luz não dava para identificá-lo, e ele se recusou à intimidade. Chamados afetuosos não o comoveram; tentativas de aproximação se frustraram. Ele fugia sempre, para voltar se nos via distantes. Amava.

Seria iníquo apartá-lo do alvo de sua obstinada contemplação, a poucos metros. Desistimos. Se for Inácio, pensei, dentro de um ou dois dias estará de volta. Não voltou.

Um gato vive um pouco nas poltronas, no cimento ao sol, no telhado sob a lua. Vive também sobre a mesa do escritório, e o salto preciso que ele dá para atingi-la é mais do que impulso para a cultura. É o movimento civilizado de um organismo plenamente ajustado às leis físicas, e que não carece de suplemento de informação. Livros e papéis, sim, beneficiam-se com a sua presteza austera. Mais do que a coruja, o gato é símbolo e guardião da vida intelectual.

Depois que sumiu Inácio, esses pedaços da casa se desvalorizaram. Falta-lhes a nota grave e macia de Inácio. É extraordinário como o gato "funciona" em uma casa: em silêncio, indiferente, mas adesivo e cheio de personalidade. Se se agravar a mediocridade destas crônicas, os senhores estão avisados: é falta de Inácio. Se tinham alguma coisa de aproveitável era a presença de Inácio a meu lado, sua crítica muda, através dos olhos de topázio que longamente me fitavam, aprovando algum trecho feliz, ou através do sono profundo, que antecipava a reação provável dos leitores.

Poderia botar anúncio no jornal. Para quê? Ninguém está pensando em achar gatos. Se Inácio estiver vivo e não sequestrado, voltará sem explicações. É próprio do gato sair sem pedir licença, voltar sem dar explicação. Se o roubaram, é homenagem a seu charme pessoal, misto de circunspeção e leveza; tratem-no bem, nesse caso, para justificar o roubo, e ainda porque maltratar animais é uma forma de desonestidade. Finalmente, se tiver de voltar, gostaria que o fizesse por conta própria, com suas patas; com a altivez, a serenidade e a elegância dos gatos.

DOIS SONHOS

O gato dorme a tarde inteira no jardim.
Sonha (?) tigres enviesados a chamá-lo
para a fraternidade no jardim.
Gato sonhando, talvez sonho de homem?

Continua dormindo, enquanto ignoro
a natureza e o limite do seu sonho
e por minha vez
também me sonho (inveja) gato no jardim.

O GATO FALOU

— Que importância tem para mim a contagem do tempo? Por que as pessoas se mexem tanto em certos meses como se fosse imperativo fazer agitação e celebrar datas? Nada melhor do que o lugar certo na poltrona certa, o leite tradicional, a sabida carne, temperatura regular e certos agrados. Agrados não muito fortes. Detesto expansões incontroladas, e o que vejo é que todo mundo se derrama em gestos e palavras. Mais compostura, senhores e senhoras que frequentam esta casa! Os próprios moradores, às vezes... Bem, não quero falar mal deles, afinal de contas não tenho motivos especiais para me queixar deles, mas admito que este ano teria sido bem mais fácil se eles tivessem passado 12 meses na Europa. Sou inteiramente contra recepções e biribas; sou mesmo é da poltrona e da meia-luz.

III

A UM CACHORRO DE MINHAS RELAÇÕES

MEU COMPANHEIRO

Dei cinco mil-réis pelo cachorrinho; o homem sorriu. Como a ninhada era de seis, ele faria uma bela féria se os vendesse a todos por aquele preço. Talvez esperasse apenas dois ou três mil-réis; filhote de cão, no interior, não vale nada. É verdade que aqueles eram realmente bonitos, e não se podia dizer que fossem meros vira--latas – alguma coisa de raça insinuava-se na forma curta do focinho, na lisura do pelo. Que raça? A cidade não dispunha de animais finos; o único que por lá andou foi um *fox terrier,* na casa do médico, e morrera há anos. Que raça, pois?... Não sei, não se podia saber, talvez fosse apenas dos meus olhos; mas o diabo do cachorrinho mal acabara de nascer e já me fitava com um jeito tão carinhoso que seria impossível abandoná--lo; comprei-o imediatamente. É com vergonha que uso esta palavra comprar, ao referir-me a um amigo, mas em nossa absurda sociedade capitalista os valores mais puros são objeto de mercancia; o afeto de um animal é adquirido como antes a força de trabalho de um negro, ou como ainda hoje... paremos com este socialismo. Fiz pois o negócio e, de volta para casa, ia pensando na necessidade de conquistar para o cãozinho a amizade de Margarida.

Pois não foi difícil consegui-la. As pessoas mais intransigentes lá um dia acordam abertas à tolerância; e Margarida nem era intransigente. Seu ponto de vista contrário à existência de animais domésticos em nossa casa – pelo que dizia – baseava-se exclusivamente no zelo pela saúde das crianças e no amor à limpeza. Ouvira falar de uma criança mordida de cão hidrófobo; detestava pulgas; e queria que o chão e os móveis do nosso interior tão modesto fossem limpos como sua consciência. Um gato que apareceu por lá, vindo não se apurou de onde, desapareceu dois dias depois, Deus sabe de que maneira; Margarida não quis olhá-lo, talvez para não simpatizar com ele, por essa força de atração que têm os gatos mais desdenhosos. Cães nunca tivemos, e quanto a passarinhos eu concordava que não valia a pena possuí-los em gaiola. Meus filhos iam pois brincar com os animais da vizinhança. Imaginem a alegria que tiveram com a chegada de Pirolito.

Este nome de Pirolito impôs-se porque na casa vizinha a moça cantava "Pirolito que bate bate". O rabinho do cachorro que eu trazia ao colo também batia de prazer, como logo me pareceu, de sorte que achei adequado aproveitar a inspiração do momento e não criar o difícil problema doméstico de escolher nome. Pirolito foi acolhido com simpatia ruidosa pelos meninos, e minha mulher, embora querendo simular descontentamento, não pôde deixar de sorrir diante da sem-cerimônia com que ele, subitamente, tomou conta da casa e de todos.

Logo se colocou a questão da propriedade – sempre a propriedade! – e foi preciso dá-lo a Juquinha, o caçula, que por sua vez era uma espécie de propriedade dos irmãos mais velhos, e com isso contornei o dissídio que fatalmente se estabeleceria entre estes. Pirolito passou a existir como parte integrante da família. Margarida tentava furtar-se a seu encantamento, mas também ela se deixava surpreender brincando com o animalzinho, fazendo-lhe cócegas, alisando--lhe o pelo, ensinando-lhe pequenas habilidades. Ele não aprendia nada. Ou antes: só aprendia por esforço próprio, e não pelos processos educativos que aplicávamos. Assim, para subir a escada: os movimentos que o obrigávamos a fazer não se repetiam espontaneamente, e a paciência se esgotava sem que fosse registrado o menor progresso. Um dia, sem aviso prévio, e para assombro de nós todos, Pirolito ergueu as patinhas dianteiras, deu um salto elástico e subiu gloriosamente os degraus da escada. Depois, desceu com a mesma ufania e tornou a repetir a façanha, muito excitado. Na terceira vez, cansou-se no meio do trajeto, deitou-se e dormiu.

Está claro que acontecimento dessa natureza abalou profundamente a família, e quase que dissipou as reservas de Margarida. Novas manifestações de seu humor fantasista vieram consolidar a situação de prestígio absoluto que ele desfrutava entre nós. Não irei contar as mil e uma coisas engraçadas que costuma praticar um cachorrinho novo. Parece que todos os cachorrinhos são iguais, em que pese à vaidade ou à ternura cega dos donos: não posso, porém, acostumar-me à ideia de que Pirolito realizasse atos em série, herdados do primeiro cão. Pelo menos ele os realizava com uma nota pessoal, um *humour* selvagem que era sua contribuição própria para a renovação dos gestos padronizados da espécie. Vou citar apenas dois exemplos. Todo cão tem seus instantes de alegria louca, geralmente depois do banho, quando se põe a correr pela casa afora, sem nenhum objetivo de caça, e desafiando nossa agilidade em persegui-lo; é, no mais puro sentido da palavra, um esporte. Percorre invariavelmente os mesmos lugares, passa chispando à nossa frente, e afinal dá por findo o exercício, já arquejante de cansaço. Pirolito confirmava a regra, mas, ao passar pela sala de visitas, detinha-se sempre diante do enorme retrato de meu avô, estendendo o focinho como para farejar o mistério de suas barbas negras – e prosseguia na corrida maluca. A parada em frente do retrato às vezes lhe era fatal, porque algum dos meninos – ou eu mesmo – aproveitava a ocasião para pegá-lo, ao que ele reagia sempre de má vontade. Solto um momento depois, já não recomeçava a correria. Mas, quando lhe ocorresse fazê-la de novo era certa a estação em frente das barbas de meu avô, por um motivo jamais suspeitado dos ignorantes que nós somos. Talvez seja falta de respeito, conjeturou minha mulher – e rimos.

Também é próprio da generalidade dos cães uma atitude graciosa de espreguiçamento, que consiste em esticar o pescoço, dobrando as pernas da frente e mantendo levantada a parte posterior do corpo, escancarar a boca, fechá-la, cerra os olhos e assim fazer uma espécie de reverência, focinho baixo, ao amigo ou amiga (não creio que o façam quando sozinhos ou entre si). Esta atitude de Pirolito, eu a chamava de "fazer Fragonard", porque tínhamos na parede da copa uma oleogravura reproduzindo a tela de Fragonard em que um cão toma essa postura diante de uma dama; era uma folhinha, brinde da padaria. Quando Pirolito "fazia Fragonard", nós nos dispúnhamos a considerá-lo o mais distinto exemplar da raça canina em todos os tempos, mas a galanteria século XVIII de sua atitude era logo comprometida por um jeito pouco versalhesco de piscar o olho esquerdo – sim, ele piscava o olho esquerdo! – e com essa particularidade parecia exprimir desdém não somente pelo acervo de atos mecânicos recebidos de seus ancestrais, como também pela interpretação pequeno-burguesa que atribuíamos a seu espreguiçamento, com base num flagrante da vida aristocrática francesa... Margarida dava de ombros. E daí, trabalho não lhe faltava em casa, para que ela perdesse tempo com um cachorrinho.

Adquiri logo o hábito de conversar com Pirolito. Conversávamos horas e horas, à sua e à minha maneira. Abanar o rabo, lamber, levantar ou descer as orelhas, contemplar-me de boca aberta, resfolegando – eram outras tantas maneiras de exprimir seus conceitos sobre as coisas do tempo, que eu traduzia para a limitada linguagem humana, como se fosse necessário comunicá-los a outro homem que só compreendesse português. Geralmente ele me tratava por esse diminutivo com que na cidade todos me conheciam: Motinha, e o fazia sempre na terceira pessoa: "Motinha está pensando que vai ganhar na loteria? Que esperança! Trate de dar suas aulas no ginásio, se não quer tirar o leite dos garotos." Era assim, sarcástico e positivo. Se me percebia derivando para o sonho, experimentava as armas do realismo. Não deixava entretanto de sugerir-me um caminho menos suave, toda vez que me via disposto a qualquer grande transigência com os poderes materiais, representados pelo prefeito e sua camarilha. "Estou com pena de Motinha", dizia-me o focinho úmido; "ele quer vender a alma ao Coronel Dutra. Para chegar talvez a diretor do ginásio... Se fizer isso, não conte mais comigo. E o projeto de ir para a Capital? Começa bajulando o prefeito e acaba enterrado nestes cafundós, como o Dr. Macedo... o Dr. Laurindo... Hoje não estou satisfeito com Motinha, não."

Já estão percebendo que o cão falava comigo tudo que eu queria, mas acrescento: tudo que não queria, também. Verdades desagradáveis, difíceis de dizer ou de pensar, ele as pensava por mim. Servia-me de consciência, então? Talvez – e isso é comum aos tímidos e aos preguiçosos, que se socorrem de uma força exterior para se orientarem. No caso, porém, Pirolito desempenhava papel menos consequente, porque às vezes me conduzia à prática, não direi do mal, mas do erro. Assim, no dia em que me aconselhou, por um certo modo de olhar, a esconder-me de uma visita cacete mas importante, que sabia que eu estava em casa, e ficou indignada ao ouvir lá dentro os latidos do cachorrinho e meus apelos para que se calasse. Denunciava-me com o alarido, forçando-me a recomendar-lhe silêncio, quando antes me prendera pela calça ao perceber minha intenção de suportar a visita. Quem pode?... Também me induziu à prática de pequenos furtos de doces e bolos, no armário, inconvenientes a nós ambos, a mim por causa do diabete, a ele devido aos vermes, e com prejuízo para as visitas de minha mulher. Como resistir-lhe, porém? Escravizo-me demais aos seres que amo, e o olhar dele encerrava um desejo tão profundo e natural de comer coisas açucaradas, e isso repercutia em mim de tal jeito que sua saúde e a minha se tornavam odiosas desde que preservadas à custa desse desejo. Dir-se-á então que ao lado da função moral, de consciência, Pirolito exercia com relação a mim um papel de recuperação da infância, autorizando-me a praticar aqueles gestos que minha condição de adulto já não comportava. Também é possível, mas tive infância normal, e não me sobraram, que eu saiba, dessas vontades de menino, abafadas por pais rigorosos, e que a vida toda continuam como botões de flor fechados, para afinal apodrecer sem exposição à luz. Não, Pirolito não me restituía nada de perdido ou frustrado, apenas me divertia – e aquela cidade era tão triste, com suas caras sem surpresa, sua farmácia política, seu cinema dominical! Sabia-o meu amigo. Não só porque era a meus pés que gostava de dormir, como porque me preferia a todos, sem exceção de Juquinha, ao qual legalmente pertencia, e de quem mais o aproximaria o instinto. Os garotos, às vezes, mostravam-se enciumados, diziam: "Esse cachorro é muito burro. Só gosta de velho." Margarida nada dizia. Em verdade, julguei esclarecer o motivo dessa afeição recíproca atribuindo-a à identidade de temperamentos. Sim, eu me entendia bem com Pirolito. Também gosto mais de descobrir do que de aprender; e às vezes me surpreendo alterando a linha de um gesto tradicional por um movimento pessoal e desconcertante. Combino o espírito prático, desenganado e realista, a um sentimento de fuga, meio utópico e furioso. Não sou bastante forte para me libertar, nem suficientemente dócil para me submeter. No fundo, um cachorrinho como Pirolito. Ele era imaginoso em sua prisão doméstica; parece que eu reproduzo essa qualidade.

Nada aconteceu com Pirolito que valesse a pena de contar com ênfase. Direi apenas que um dia não vimos mais nosso amigo. Pesquisas minuciosas certificaram-me de que não morrera envenenado – de bola – como é frequente no interior, onde há sempre uma criatura ruim ou mal-acostumada, que mistura arsênico à boia dos cachorros. Procuramos por toda a parte, por baixo da casa e na vizinhança, nada. Prometi dinheiro a quem o encontrasse. Teria sido furtado? Seria absurdo supô-lo, pois era um cão comum, apenas um pouco macio de pelo, de focinho um pouco redondo. Como ele, havia dezenas em qualquer rua: furtar, para quê? Pirolito só era interessante mesmo para nós, e principalmente para mim, que tinha nele um companheiro, um confidente, um crítico e um cúmplice. Não preciso dizer como lhe senti a falta. De resto, não sou amigo de expansões, e receio mesmo que se Pirolito pudesse me escutar, havia de dizer: "Olha Motinha como está ficando besta. Acreditou mesmo que eu era um cachorro diferente..." E não era? Vulgar para os outros, diferente para mim, porque nos entendíamos, e cada homem que se entende com um animal firma com ele um pacto de mútua comiseração – e uma aliança. Fico imaginando que Pirolito tivesse fugido. É o absurdo dos absurdos, pois cachorro feliz não foge. Mas Pirolito, como já disse, não era sempre lógico – ou mecânico – em suas ações. O certo é que sumiu sem deixar rastro. Há muito tempo. Hoje, fatalmente, estará morto. A evasão será, pois, algo mais do que uma doença dos homens, um impulso comum a todo ser vivo?... Aqui me vem uma suspeita miserável, que eu repilo. O gato apareceu e sumiu dois dias depois; Pirolito durou mais tempo, mas também desapareceu. Margarida – tão boa, tão afetuosa – não gostava de animais, por causa dos meninos, segundo dizia. Ciúme de mim nunca teve. Seria possível?... Não. Muitas pessoas também somem de repente, sem a menor explicação, e nunca se sabe.

O CÃO VIAJANTE

A notícia veio de São Paulo, trazida por *Anhembi*. Foi o caso que certo cavalheiro de posses – um grã-fino, diz a revista – regressou dos Estados Unidos em companhia de um cachorro de raça, lá adquirido. No aeroporto de Congonhas, diante dos funcionários da Alfândega, houve a abertura de malas, e verificou-se que quatro eram do cachorro: uma com roupas, outra com coleiras e focinheiras; uma terceira com vitaminas e a última com alimentos especiais.

O comentarista fala na Revolução Francesa, que reagiu contra coisas desse gênero, e na Revolução Russa, que reuniu em museu as joias oferecidas pelos aristocratas a seus cães e cavalos. Expus o caso a um cachorro de minhas relações, chamado Puck, e ele manteve comigo, por meio dos olhos e da cauda saltitante, este diálogo quase maiêutico, embora às avessas:

— As malas eram quatro, diz você?

— Realmente, meu caro Puck.

— Com certeza eram malinhas à toa...

— Não consta da notícia, mas presumo que fossem malas consideráveis.

— E você quer insinuar com isso que cachorro em viagem não tem direito a mala?

— Não é bem assim. Pareceu-me que havia bagagem em excesso para viajante tão sóbrio de natureza, como – não é por estar em sua presença – eu considero o cão.

— E quantas malas tinha o grã-fino? Quarenta?

— A revista não diz, mas é de supor que trouxesse muitas.

— Você acha direito que um homem viaje com quarenta malas (por hipótese) e seu cão não tenha pelo menos quatro?

— Mas veja bem, Puck, o homem é um animal complicado, que se afastou da natureza. Vai a festas noturnas, que exigem equipamento especial; tem reuniões de negócio, de esporte, de amor, de guerra. Compra livros e até os lê. Precisa de tapetes, automóveis, discos, esmalte de unhas e tudo aquilo que vocês, mais felizes, não conhecem ainda, ou desprezam.

— Essas coisas são necessárias à vida?

— São, na medida em que a tornam mais agradável.

— E não seria tempo de estendê-las ao uso pessoal dos cachorros e de outros animais em condições de saboreá-las?

— Teoricamente, talvez. Não acha, porém, que seria o caso de estendê-las antes a todos os homens?

— Elas chegam para todos?

— No estado atual da produção, é capaz de não chegarem.

— Então, que adiantaria?

— Pelo que vejo, você tomou partido francamente por sua espécie contra a minha, quando as duas se entendem há milênios.

— Engano, meu caro. O que você enxerga no gesto do grã-fino é a falta de sensibilidade diante da miséria alheia, quando eu enxergo precisamente um começo tímido de sensibilidade a abotoar-se como uma florzinha anêmica. Todo esse cuidado com um cão, um simples cão (pois somos simples, e esta é nossa maior virtude) revela que o homem não está de todo perdido, e já começa a desconfiar da existência do próximo. Por enquanto tem os olhos baixos, e só repara em alguns de nós, de mais *pedigree*. Amanhã descobrirá as criancinhas, e dia virá em que...

— Ele se estimará a si mesmo, através dos outros?

— Não vou a tanto – resmungou Puck. Também você está exigindo demais de seus semelhantes.

UM CÃO, OUTRO CÃO

"Vovô triste procura seu cachorro pointer, Toy, desaparecido. Boa recompensa para quem devolvê-lo ou souber onde ele se encontra. Tel. 287..."

— Alô! É o Vovô Triste?

— Como?

— Não é o Vovô Triste quem está falando? Aquele que perdeu um cachorro de estimação?

— Ah, sim. Sou eu mesmo. Estou tão triste que nem me lembrei do nome que pus no jornal. O senhor achou o meu Toy?

— Antes de mais nada, meu caro senhor, quero cumprimentá-lo com respeito. Estou falando com um homem de sensibilidade, um homem de coração grande, que sofre com a perda de uma companhia animal. Eu divido os homens entre os que amam a convivência dos irracionais, e aqueles que...

— Obrigado. Mas o senhor achou o meu Toy?

— Um momento. Não posso deixar de me inclinar diante das pessoas sensíveis, realmente identificadas com o mundo natural. Isso é tão raro hoje em dia.

— Não é tanto assim, o senhor exagera. Todo mundo que tem um cão é porque gosta dele, e gostando, sente falta quando ele some.

— É o que o senhor pensa. Muita gente dá graças a Deus quando se vê livre do animal doméstico, que não quer ficar sozinho em casa e impede que o dono saia de viagem ou mesmo para jantar fora. Conheço casos...

— Está bem. Agora me dê notícias do Toy.

— Pois não. Ele é *pointer*, não é?

— Exatamente.

— Inglês ou alemão?

— Inglês, com muita honra.

— Por que o senhor diz "com muita honra"? Se fosse alemão, a honra era menor, ou nenhuma?

— Absolutamente, cavalheiro. Prezo tanto a Inglaterra quanto a Alemanha, mas o meu cão é inglês, eu gosto do meu cão, então eu digo com muita honra que ele é inglês. Há algum mal nisso?

— Entendi. O seu Toy é preto ou branco?

— Branco, manchado.

— De preto, de laranja, de que cor?

— De preto. O senhor achou, o senhor viu em algum lugar o meu Toy? Diga logo, estou tão ansioso!

— Tenha calma, Vovô Triste. Estou lhe perguntando porque tem tanto cachorro por aí, de tantas variedades da mesma raça, que só a gente vendo um retrato bem nítido do animal é que pode identificá--lo, né?

— Eu conheço o meu Toy a léguas de distância. Conheço pela ligeireza, pelo aprumo, pela individualidade, mais do que pela cor ou pelo tamanho. Conheço de cor e salteado, sou capaz de distingui-lo entre mil *pointers* iguaizinhos uns aos outros.

— Mas eu não, é lógico. Outra coisa. O senhor prometeu uma boa recompensa.

— Exato.

— De quanto?

— Bem, eu acho que dois mil cruzeiros para quem me trouxer o Toy, ou mil para quem indicar o seu paradeiro, é uma boa recompensa, o senhor não acha?

— Quer mesmo que eu diga? Acho pouco.

— Pouco por quê? Sabe qual o preço máximo de um pointer inglês? Dois mil e quinhentos.

— Sim, é o preço de mercado, para cães de *pedigree*, mas tem uma coisa mais importante do que *pedigree*: o amor a um animal de estimação. Seu amor está cotado em dois mil?

— Ah, o senhor não deve falar assim, o senhor me tortura. Quisera eu dispor de cinco mil, de dez mil, de cinquenta mil cruzeiros, para resgatar o meu querido Toy. Mas sou um simples inativo do Ministério da Justiça, à espera de classificação no cargo inicial da carreira, o senhor entende?

— Sendo assim... não se fala mais nisso. Desculpe. Não quero aumentar sua aflição. Mas já que entramos nessas intimidades, quero corresponder à sua confiança e dizer-lhe uma coisa.

— Qual?

— Não convém o senhor se amofinar por causa do Toy.

— Como? Quer dizer que ele morreu?!

— Deus me livre. Eu nunca seria portador de uma notícia dessas.

— E então?

— Então, é que numa cidade imensa como esta, com milhares de cães perdidos, a probabilidade de encontrar o seu bichinho é muito limitada. Enquanto espera, o senhor sofre, o senhor se angustia, o senhor fica mais triste ainda. Por que, em vez disso, não parte para outra?

— Deixar de procurar o Toy? Seria uma infâmia!

— Quem falou em infâmia? Quero apenas o seu bem, a ordem de suas coronárias, de sua cuca. O senhor evitará muitas decepções, conservando a memória do Toy encarnada em outro animalzinho adorável. Olhe, eu tenho aqui um filhote de miniatura *pinscher* que é uma graça, um amor de coisinha leve. Posso lhe dar por dois mil cruzeiros, exatamente a importância de que o senhor dispõe e que provavelmente não terá aplicação ao insistir em procurar o Toy... Assim o senhor, de Vovô Triste, na fossa, passará a Vovô Alegre, digo mais... a Vovô Feliz...

— Bandido! Miserável!

O CÃO DE DOIS DONOS

O caso foi narrado por Lya Cavalcanti, senhora que merece fé tanto da parte das pessoas como dos animais. E eu conto a meu modo.

Um homem e um cão foram presos como assaltantes. O homem era um pobre-diabo, e o cão era um boxer. A julgar pela importância social, o cão devia ser o assaltante, e o homem seu auxiliar, encarregado de morder, se necessário. Parece, entretanto, que eles combinaram o contrário: o cão ficava como segurança, e o homem operava.

Tudo correria como de preceito em assaltos, especialidade com técnicas definidas e testadas pelo uso, mas o cão, certamente perturbado por esse colosso de cartazes com retratos que ocupam todas as ruas da cidade, mordeu o assaltado errado, isto é, um indivíduo qualquer. O homem não teve tempo de pedir desculpas ao mordido, porque logo apareceram curiosos, entre eles um PM, que houve por bem deter o cão e o homem.

Com perfeito reconhecimento da importância do boxer, foi-lhe destinada uma cela, em que pudesse ficar à vontade. Mesmo porque a essa altura seu mau humor era evidente. Quem lhe passasse por perto, fosse ou não sujeito assaltável, levaria boa dentada. Já o homem, trancafiaram-no junto à multidão de detidos por qualquer coisa, que tanto pode ser coisa terrível como coisa nenhuma. Comportou-se com filosofia, considerando talvez que estar preso é mal menor entre tantos males de altíssimo grau da vida. O que lhe doía era estar separado do cão.

Mas o boxer protestava, não porque lhe interessasse um advogado que não vinha assisti-lo. Ao contrário do dono, achava a liberdade, mesmo faminta, o bem supremo, e pouco lhe importava o alojamento sofrivelmente confortável: preferia o sol e a lua da aventura. Mas alcançados por meios próprios: fugindo. E estava difícil fugir com o homem, naturalmente.

Sua irritação preocupava o carcereiro e os policiais de plantão, que não conseguiam dormir. Ao amanhecer, recorreram à APA, modesta e eficiente associação protetora de animais, que despachou para a missão dona Colette e o invencível Franklin, duas pessoas para quem os bichos não têm mistérios. Quem ousaria entrar na cela do zangado para acalmá-lo? Os dois entraram. O boxer, que nunca os vira mais gordos, não investiu. E Franklin teve com ele uma conversa em idioma que ignora, mas que considero dos mais eficazes para a comunicação efetiva.

O boxer explicou que não havia nada disso que os policiais estavam pensando. Não era assaltante e tampouco o seu amigo o era. Franklin observou que o animal não se referia a "seu dono", mas a "seu amigo". Achou altiva e elegante essa maneira de se expressar, na língua dele.

A essa altura, o homem se mostrava inconsolável com a prisão do amigo, pois se o tivesse a seu lado no xadrez pouco lhe importaria a reclusão. E começou a chorar. Chorou tanto que comoveu até as paredes da cela, e a autoridade, para se ver livre dele, libertou-o com aquelas gentilezas especiais que costuma dispensar aos pobres-diabos. O cão continuaria preso, por perigoso, mas dona Colette explicou:

— Ele me garantiu que mordeu sem intenção de assaltar. O agredido teve um gesto suspeito, que provocou a reação instintiva.

— Então, pode sair também, mas a senhora trate de convencê-lo a moderar as reações instintivas. E afaste-o da companhia desse homem.

Dona Colette prometeu, e, não sabendo a quem devolver o cão, levou-o para um canil onde ficou hospedado com diária alta, paga por ela. Vozes diferentes, por telefone, reclamavam a posse do animal. A quem atender? Até que uma voz foi mais explícita:

— Sou a mãe daquele preso. Já que o delegado não quer que meu filho fique com o cachorro, a senhora por favor entregue ele na casa número tal da rua tal, perto da favela do Vai-que-é-mole. É uma casa muito bacana, a senhora vai ver.

Dito e feito. Dona Colette levou o bicho para o local indicado, e, ao passar, os garotos da favela exclamaram:

— É o Morrão! Oi, Morrão! Vem pra cá, Morrão!

Morrão olhou para eles com olhos entendidos e abanou um rabo triste, como quem diz: "Impossível, tenho compromisso com esta senhora, que foi muito legal comigo. Preciso voltar para o meu domicílio oficial. Mas meu coração fica na favela. Um dia desses apareço por aí, tá?"

O ASSALTO

A casa luxuosa no Leblon é guardada por um molosso de feia catadura, que dorme de olhos abertos, ou talvez nem durma, de tão vigilante. Por isso, a família vive tranquila, e nunca se teve notícia de assalto a residência tão bem protegida.

Até a semana passada. Na noite de quinta-feira, um homem conseguiu abrir o pesado portão de ferro e penetrar no jardim. Ia fazer o mesmo com a porta da casa, quando o cachorro, que muito de astúcia o deixara chegar até lá, para acender-lhe o clarão de esperança e depois arrancar-lhe toda ilusão, avançou contra ele, abocanhando-lhe a perna esquerda.

O ladrão quis sacar do revólver, mas não teve tempo para isto. Caindo ao chão, sob as patas do inimigo, suplicou-lhe com os olhos que o deixasse viver, e com a boca prometeu que nunca mais tentaria assaltar aquela casa. Falou em voz baixa, para não despertar os moradores, temendo que se agravasse a situação.

O animal pareceu compreender a súplica do ladrão, e deixou-o sair em estado deplorável. No jardim ficou um pedaço de calça. No dia seguinte, a empregada não entendeu bem por que uma voz, pelo telefone, disse que era da Saúde Pública e indagou se o cão era vacinado. Nesse momento o cão estava junto da doméstica, e abanou o rabo, afirmativamente.

IV

HÁ CADA VEZ MAIS ELEFANTES VOANDO NO BRASIL

ELEFANTES

Órgãos oficiais, da União e do estado da Guanabara, examinam neste instante uma questão de interesse para a coletividade: se o governo indiano oferecer novo casal de elefantes, poderemos aceitar a dádiva? Em que condições? Como hospedar os elefantes? etc.

Para esclarecimento dos leitores, procurei o sr. Murilo Taborda Júnior, diretor do Departamento Federal de Proboscídeos, que, em seu gabinete de trabalho na Floresta do Engenho Novo, gentilmente atendeu à minha curiosidade:

— Sr. Taborda, como encara o problema da possível doação de mais dois elefantes indianos à Guanabara?

— Encaro de frente, como costumo fazer com relação a qualquer problema afeto à minha área de

competência. Acabo de receber de nossos agentes censitários a estatística geral de elefantes sediados no território nacional e, à luz desses e de outros elementos positivos, me pronunciarei no devido tempo, lugar e circunstância.

— Gostaria de conhecer a estatística. É sigilosa?

— Absolutamente. No que nos tange, não costumamos sonegar nenhum aspecto da realidade. Nosso computador da terceira geração está processando os dados, mas posso adiantar-lhe, pois eu mesmo somei tudo a lápis, que existem no Brasil, em caráter permanente, oito milhões, quinhentos e dezessete mil e quatrocentos elefantes identificados.

— Não diga.

— Meu caro jornalista, não sou eu que estou dizendo, são os números. Uma vez analisada a localização dos elefantes nas diferentes regiões, e ponderados fatores de saúde pública, segurança e outros, relacionados com a distribuição irregular que vinha sendo permitida pelo governo, em outros tempos (note bem: em outros tempos), estaremos em condições de opinar sobre o caso em tela.

— Quer dizer que há elefantes demais em alguns pontos, e de menos em outros?

— Realmente, observa-se no litoral atlântico uma dosagem excessiva de elefantes, o que tumultua o equilíbrio ecológico e até certo ponto a paz social. No interior, registramos zonas totalmente desprovidas, e há mesmo compatrícios nossos que jamais viram esse animal, não obstante as inúmeras espécies que possuímos.

— Inúmeras? Como assim?

— Vejo que o senhor ignora as peculiaridades nacionais concernentes ao elefante. O fantástico poder de assimilação e transformação que caracteriza este país fez com que os primeiros elefantes aqui introduzidos se fossem modificando em seus genótipos, a ponto de uns se tornarem voadores e outros aderirem à condição de peixe. Isso estabeleceu confusão zoológica e científica. É dificílimo classificar um elefante. Seu aspecto físico dá margem a grandes surpresas. Em certos casos, nem a tromba nem as presas nem a massa corporal são apreensíveis ao primeiro exame. O todo confunde-se com o dos mais diversos animais. Finalmente, temos elefantes invisíveis, exibidos com sucesso em clubes e corporações. O elefante portátil...

— Interessante. Mas, e os asiáticos, que se anunciam?

— Pessoalmente, sou mais favorável ao elefante asiático do que ao africano. Aquele é mais dócil, para não dizer mais suave que este. Elefante, porém, engana muito. Nunca se sabe o que ele é, no fundo. Não possuímos ainda um Instituto de Pesquisas Elefantinas, que seria órgão auxiliar de consulta do nosso departamento. Trabalhamos sem verba, como é fácil verificar: basta olhar em volta e ver que minha mesa de trabalho está sob um toldo de palha, em pleno capoeirão. Nossos técnicos, dedicadíssimos, trabalham com tempo integral e vencimentos atrasados. Nossos estagiários, entre os quais figuram mesmo elefantes urbanizados, de porte reduzido, fazem o possível para suprir as deficiências estruturais do departamento. Mesmo assim...

— Posso concluir que é pela aceitação do presente?

— Não conclua nada. O próprio elefante ainda é um animal inconcluso; a prova são as metamorfoses que vem experimentando em nosso habitat. O assunto exige estudos maiores, estamos apenas no á-bê-cê da ciência da aculturação dos elefantes, a respeito da qual já escrevi um tratado: é este. Se quiser, pode folheá-lo, mas não entenderá grande coisa. Eu tenho quarenta anos de especialização em Paquidermiologia, e apenas engatinho na estrada do grande mistério que é um elefante. E olhe que tenho me esforçado. Aqui entre nós: procuro sentir, viver o elefante, vivenciá-lo. Já adquiri certas maneiras dele... Quer ver? Não, longe de mim a ideia de imitar o Iauaretê de Guimarães Rosa... É o zelo do ofício, compreenda. Repare como já aprendi a barrir. Buuuuu... Nhmmm... Huuum... Não, não fuja! Não vou trucidá-lo com a tromba... Coitado, desmaiou.

ELEFANTEX S.A.

Senhores Acionistas:

Em atendimento ao disposto em lei e nos Estatutos Sociais, é-nos grato submeter à apreciação de V. Sas., acompanhados de parecer do Conselho Fiscal, o inventário e contas referentes ao exercício de 1972.

Como poderão verificar pelos gráficos anexos, com os principais dados comparativos de nossa situação econômico-financeira nos cinco últimos exercícios, e pondo de lado a modéstia, cumpre ressaltar o acerto que conseguimos imprimir aos negócios da Empresa, tornando-a líder no ramo a que nos dedicamos – a fabricação de elefantes domésticos.

Verdade seja que, malgrado nossos esforços, não foi possível restabelecer ainda os índices de rentabilidade obtidos quando nossa organização produzia, além de elefantes, artigos de bijuteria, fungicidas e barracas de camping. A especialização sofisticada, que o preparo de elefantes dignos deste nome torna imperativa, determinou nossa resolução de abandonar as demais linhas de produção, a fim de nos concentrarmos em uma única, para a elaboração de artigo que, folgamos em proclamá-lo, não encontra similar no mercado.

Só quem se consagrou anos a fio a este ramo industrial pode avaliar quanto de investimento, inventividade e técnica se faz necessário para que elefantes de grande, médio e pequeno porte alcancem o limite da perfeição, satisfazendo plenamente os objetivos para que foram projetados.

Ao aumento extraordinário de produtividade não correspondeu aumento satisfatório nos preços de venda, pois estes vêm sendo fixados em valores que não acompanham a evolução do custo da matéria-prima elefantal, com prazo de defasagem nunca inferior a três meses. Contudo, alenta-nos a esperança de, em data próxima, estarmos autorizados a colocar nossos elefantes na praça por preços compensadores, em justa remuneração do capital e de nossos esforços.

Faz-se mister o lançamento de campanha educacional que convença a massa de consumidores das classes A e B a adquirir mais elefantes e a substituí-los por outros mais atualizados, ao cabo de doze meses de uso. Não importa que o elefante patenteado por nós dure seguramente de quinze a vinte anos, sem lesão alguma. A troca anual do produto ensejará grande satisfação ao comprador e seus familiares, valendo como símbolo de status, de que advirão por certo vantagens sociais de toda sorte. Também a classe C deve ser considerada na ofensiva promocional, pois estamos aptos a oferecer-lhe elefantes de tamanho reduzido mas de incontestável eficácia, realmente econômicos, pois só se alimentam de palha e detritos, enquanto os de categorias mais elevadas dão preferência ao baby-beef, ao faisão e ao caviar.

O público em geral precisa ser esclarecido quanto à conveniência de termos todos um ou mais elefantes em nossa casa, escritório, loja, fazenda ou usina. Ele serve de companhia amena, presta os mais variados serviços, e é dotado de singular afetividade; podemos mesmo tomá-lo como confidente em hora de turbação, a que todos estamos sujeitos na vida.

Rejubilamo-nos por lembrar que não prevaleceu contra a nossa Empresa a manobra de concorrentes insidiosos, ao fazerem assoalhar pretensa periculosidade de nossos elefantes, que estariam destruindo apartamentos, arrasando jardins e disseminando vírus de gripe e até de câncer da bexiga. Análises efetuadas por laboratórios acima de qualquer suspeita comprovaram que apenas 0,5% dos elefantes que produzimos causaram pequenos problemas, logo removidos, pois nosso lema continua a ser: "Leve o Elefante; a Firma Garante".

Nossos planos para este exercício compreendem a instalação de novas fábricas nos estados do Amazonas, Pernambuco, Minas Gerais, Goiás e Paraná, já estando a caminho maquinaria japonesa que nos habilitará a lançar naquelas unidades um novo modelo de proboscídeo, de características aerodinâmicas, verdadeiro elefante alado.

Se não nos é possível distribuir dividendos, pelas razões já expostas, pelo menos estamos dirigindo a todos os nossos estimados acionistas a bonificação de nossos melhores votos de prosperidade pessoal, saúde e chance na Loteria Esportiva.

O ELEFANTE

Fabrico um elefante
de meus poucos recursos.
Um tanto de madeira
tirado a velhos móveis
talvez lhe dê apoio.
E o encho de algodão,
de paina, de doçura.
A cola vai fixar
suas orelhas pensas.
A tromba se enovela,
é a parte mais feliz
de sua arquitetura.
Mas há também as presas,
dessa matéria pura
que não sei figurar.
Tão alva essa riqueza
a espojar-se nos circos
sem perda ou corrupção.
E há por fim os olhos,

onde se deposita
a parte do elefante
mais fluida e permanente,
alheia a toda fraude.

Eis meu pobre elefante
pronto para sair
à procura de amigos
num mundo enfastiado
que já não crê nos bichos
e duvida das coisas.
Ei-lo, massa imponente
e frágil, que se abana
e move lentamente
a pele costurada
onde há flores de pano
e nuvens, alusões
a um mundo mais poético
onde o amor reagrupa
as formas naturais.

Vai o meu elefante
pela rua povoada,
mas não o querem ver
nem mesmo para rir
da cauda que ameaça
deixá-lo ir sozinho.

É todo graça, embora
as pernas não ajudem
e seu ventre balofo
se arrisque a desabar
ao mais leve empurrão.
Mostra com elegância
sua mínima vida,
e não há na cidade
alma que se disponha
a recolher em si
desse corpo sensível
a fugitiva imagem,
o passo desastrado
mas faminto e tocante.

Mas faminto de seres
e situações patéticas,
de encontros ao luar
no mais profundo oceano,
sob a raiz das árvores
ou no seio das conchas,
de luzes que não cegam
e brilham através
dos troncos mais espessos,
esse passo que vai
sem esmagar as plantas
no campo de batalha,

à procura de sítios,
segredos, episódios
não contados em livro,
de que apenas o vento,
as folhas, a formiga
reconhecem o talhe,
mas que os homens ignoram,
pois só ousam mostrar-se
sob a paz das cortinas
à pálpebra cerrada.

E já tarde da noite
volta meu elefante,
mas volta fatigado,
as patas vacilantes
se desmancham no pó.
Ele não encontrou
o de que carecia,
o de que carecemos,
eu e meu elefante,
em que amo disfarçar-me.
Exausto de pesquisa,
caiu-lhe o vasto engenho
como simples papel.
A cola se dissolve
e todo seu conteúdo
de perdão, de carícia,

de pluma, de algodão,
jorra sobre o tapete,
qual mito desmontado.
Amanhã recomeço.

V

A CAVALO
MELHOR SE
CHEGA AO CÉU

PARÊMIA DE CAVALO

Cavalo ruano corre todo o ano
Cavalo baio mais veloz que o raio
Cavalo branco veja lá se é manco
Cavalo pedrês compro dois por mês
Cavalo rosilho quero como filho
Cavalo alazão a minha paixão
Cavalo inteiro amanse primeiro
Cavalo de sela mas não pra donzela
Cavalo preto chave de soneto
Cavalo de tiro não rincho, suspiro
Cavalo de circo não corre uma vírgula
Cavalo de raça rolo de fumaça
Cavalo de pobre é vintém de cobre
Cavalo baiano eu dou pra Fulano
Cavalo paulista não abaixa a crista
Cavalo mineiro dizem que é matreiro
Cavalo do Sul chispa até no azul
Cavalo de inglês fica pra outra vez.

SURPRESA

Estes cavalos fazem parte da família
e têm orgulho disto.
Não podem ser vendidos nem trocados.
Não podem ser montados por qualquer.
Devem morrer de velhos, campo largo.

Cada um de nós tem seu cavalo e há de cuidá-lo
com finura e respeito
É manso para o dono e mais ninguém.
Meu cavalo me sabe seu irmão,
seu rei e seu menino.
Por que, no vão estreito
(por baixo de seu pescoço eis que eu passava)
os duros dentes crava
em minhas costas, grava este protesto?

Coro fazendeiro:

O cavalo mordeu o menino?
Por acaso o menino ainda mama?
Vamos rir, vamos rir do cretino,
e se chora, que chore na cama.

MULINHA

A mulinha carregada de latões
vem cedo para a cidade
vagamente assistida pelo leiteiro.
Para à porta dos fregueses
sem necessidade de palavra
ou de chicote.
Aos pobres serve de relógio.
Só não entrega ela mesma a cada um o seu litro
                                    [de leite
para não desmoralizar o leiteiro.

Sua cor é sem cor.
Seu andar, o andar de todas as mulas de Minas.
Não tem idade – vem de sempre e de antes –
nem nome: é a mulinha do leite.
É o leite, cumprindo ordem do pasto.

ESTRADA

O cavalo sabe todos os caminhos,
o cavaleiro não.

A trompa
ecoa no azul longe
e no peito do viajante perdido.
Afinal os homens se encontram,
ninguém na terra é sozinho.

Caçadores chegam em festa
barbas faíscam ao sol
entre veados mortos
e ladridos.

O braço aponta o rumo
o braço goza a turbação.
Oi neto de boiadeiros
oi filho de fazendeiros
que nem sabes teus carreiros!
Que mais sabes?

Foge o tropel da trompa na poeira.
Tudo na terra é sozinho.

AÇOITA-CAVALO

A madeira da cadeira
– ouvi o mano falar –
se chama açoita-cavalo
e fico logo a cismar.
Vou me sentar na cadeira
a modo de cavalgar,
de costas, pernas em gancho,
segurando no espaldar.
Montaria de madeira,
chicote de castigar.
Cavalo assim tão parado
nunca vi ninguém contar.
Em vão lhe puxo o cabresto
(cabresto de imaginar).
Não se move deste quarto
e por aqui vai ficar.
Já não repito: Upa, upa!
e de tanto esporear,
vou ficando embrabecido,

começo agora a xingar.
Porcaria de cavalo
empacado no lugar!
Nem mesmo com xingamento
se resolve a disparar,
enquanto eu, a sacudi-lo
em doido movimentar,
como último argumento
chicote estalando no ar,
de tanto esforço que faço
nem sei mais me equilibrar
e rolamos embolados
num barulho de espantar.
A madeira da cadeira
não serve para montar,
ou cavalo de madeira
nunca se deve açoitar?

VI

À MINHA PORTA
UM BOI

MELINIS MINUTIFLORA

No mais seco terreno, o capim-gordura
inunda o pasto de oleoso aroma,
catingueiro de atrair vacas,
afugentar cobras
mais carrapatos.
Seu pendão violáceo, balançante ao vento,
garante leite e carne com fartura,
na voz do agregado que celebra
as mil virtudes do capim-gordura:

"Esse gado todo
vive à custa dele.
Eu mesmo, que vivo
de cuidar do gado,
sou agradecido
ao capim-gordura,
pois além do mais,
na sua brandura,
ele é diurético,

antidisentérico,
antidiarreico.
Para rematar,
dá aos passarinhos
maciez de ninho.
Que na minha frente
ninguém fale mal
do santo capim-
-gordura, criatura
da maior fervura
do meu peito amante!"

PRIMEIRO AUTOMÓVEL

Que coisa-bicho
que estranheza preto-lustrosa
evém-vindo pelo barro afora?

É o automóvel de Chico Osório
é o anúncio da nova aurora
é o primeiro carro, o Ford primeiro
é a sentença do fim do cavalo
do fim da tropa, do fim da roda
do carro de boi.

Lá vem puxado por junta de bois.

BOITEMPO

Entardece na roça
de modo diferente.
A sombra vem nos cascos,
no mugido da vaca
separada da cria.
O gado é que anoitece
e na luz que a vidraça
da casa fazendeira
derrama no curral
surge multiplicada
sua estátua de sal,
escultura da noite.
Os chifres delimitam
o sono privativo
de cada rês e tecem
de curva em curva a ilha
do sono universal.
No gado é que dormimos
e nele que acordamos.

Amanhece na roça
de modo diferente.
A luz chega no leite,
morno esguicho das tetas
e o dia é um pasto azul
que o gado reconquista.

EPISÓDIO

Manhã cedo passa
à minha porta um boi.
De onde vem ele
se não há fazendas?

Vem cheirando o tempo
entre noite e rosa.
Para à minha porta
sua lenta máquina.

Alheio à polícia
anterior ao tráfego
ó boi, me conquistas
para outro, teu reino.

Seguro teus chifres:
eis-me transportado
sonho e compromisso
ao País Profundo.

UM BOI VÊ OS HOMENS

Tão delicados (mais que um arbusto) e correm
e correm de um para outro lado, sempre esquecidos
de alguma coisa. Certamente, falta-lhes
não sei que atributo essencial, posto se apresentem
                                [nobres
e graves, por vezes. Ah, espantosamente graves,
até sinistros. Coitados, dir-se-ia não escutam
nem o canto do ar nem os segredos do feno,
como também parecem não enxergar o que é visível
e comum a cada um de nós, no espaço. E ficam
                                [tristes
e no rastro da tristeza chegam à crueldade.
Toda a expressão deles mora nos olhos – e
                                [perde-se
a um simples baixar de cílios, a uma sombra.
Nada nos pelos, nos extremos de inconcebível
                                [fragilidade,
e como neles há pouca montanha,
e que secura e que reentrâncias e que

impossibilidade de se organizarem em formas
                              [calmas,
permanentes e necessárias. Têm, talvez,
certa graça melancólica (um minuto) e com isto
                              [se fazem
perdoar a agitação incômoda e o translúcido
vazio interior que os torna tão pobres e carecidos
de emitir sons absurdos e agônicos: desejo, amor,
                              [ciúme
(que sabemos nós?), sons que se despedaçam e
                              [tombam no campo
como pedras aflitas e queimam a erva e a água,
e difícil, depois disso, é ruminarmos nossa verdade.

O BELO BOI DE CANTAGALO

Por trás da bossa do cupim
a cobra espreita
o belo boi de Cantagalo
trazido com que sacrifício
de longas léguas a pé e lama
para inaugurar novo rebanho
dos sonhos zebus do Coronel.

Por trás da bossa do cupim
a cobra, cipó inerte,

medita cálculo e estratégia,
e o belo boi de Cantagalo
mal sente, sob o céu de Minas,
chegar o segundo-relâmpago
em que o cipó se alteia, se arremessa
e fere e se enrodilha e aperta
e aperta mais, aperta sempre
e mata.

Já não cobrirá as doces vacas
ao seu destino reservadas
o belo boi de Cantagalo,
e queda ali,
monumento desmantelado.
A bossa jaz ao lado da outra bossa,
no imóvel sol do meio-dia.

VII

TODO ANIMAL É MÁGICO

NOMES

As bestas chamam-se Andorinha, Neblina
ou Baronesa, Marquesa, Princesa.
Esta é Sereia,
aquela, Pelintra
e tem a bela Estrela.
Relógio, Soberbo e Lambari são burros.
O cavalo, simplesmente Majestade.
O boi Besouro,
outro, Beija-flor
e Pintassilgo, Camarão,
Bordado.
Tem mesmo o boi chamado Labirinto.
Ciganinha, esta vaca; outra, Redonda.
Assim pastam os nomes pelo campo,
ligados à criação. Todo animal
é mágico.

HISTÓRIA MAL CONTADA

A história de Chapeuzinho Vermelho sempre me pareceu mal contada, e não há esperança de se conhecer exatamente o que se passou entre ela, a avozinha e o lobo.

Começa que Chapeuzinho jamais chegaria depois do lobo à choupana da avozinha. Ela vencera na escola o campeonato infantil de corrida a pé, e normalmente não andava a passo, mas com ligeireza de lebre. Por sua vez, o lobo se queixava de dores reumáticas, e foi isto, justamente, que fez Chapeuzinho condoer-se dele.

Estes são pormenores da versão da história, ouvida por Tia Nicota, no começo do século, em Macaé. Segundo ali se dizia, Chapeuzinho e o lobo fizeram boa liga e resolveram casar-se. Ela estava persuadida de que o lobo era um príncipe encantado, e que o casamento o faria voltar ao estado natural. Seriam felizes, teriam gêmeos. A avozinha opôs-se ao enlace, e houve na choupana uma cena desagradável entre os três. O lobo não era absolutamente príncipe, e

Chapeuzinho, unindo-se a ele, transformou-se em loba perfeita, que há tempos ainda uivava à noite, nas cercanias de Macaé.

O PAPAGAIO PREMIADO

O I Concurso Nacional de Papagaios, realizado em Nova Brasília, no Estado do Pará, conferiu medalha de ouro ao candidato Crisóstomo, que falava diversas línguas, entre elas o esperanto.

A ave premiada pertencera a sujeitos de diferentes países, daí o seu conhecimento de idiomas. Crisóstomo compareceu a congressos de linguística, e suas intervenções eram gravadas para o ensino audiovisual nas escolas.

Sua pronúncia era invejada não só pelos psitacídeos como por professores de línguas. Ganharia bom dinheiro se fosse ambicioso. Não era. O produto de suas conferências revertia em benefício da Associação dos Papagaios Mudos.

Crisóstomo não resistiu, porém, ao convite para fundar novo partido político. O que sabia em línguas faltava-lhe em arte política. Oradores violentos, na Câmara, impunham-lhe silêncio. Renunciou o mandato e recolheu-se ao asilo da associação beneficiada por ele, que o recebeu com prevenção. E nunca mais falou, a não ser para pedir desculpas.

OS LICANTROPOS

Surgiram alguns licantropos na cidade, e a população corria deles. Não corria tanto assim, pois os licantropos só apareciam noite alta. E sempre nas sextas-feiras. De qualquer modo, notívagos eram surpreendidos pelos licantropos, e não sentiam o menor prazer no encontro. O resto da população, tentando dormir em seus quartos, simplesmente sentia medo.

O sábio professor Epaminondas Barzinsky debateu o assunto na Academia de Ciências Sobrenaturais, advertindo que primeiro se devia apurar se se tratava de licantropos propriamente ditos, ou de pessoas afetadas de licantropia. Propôs que se nomeasse comissão para investigar este ponto. Se ficasse comprovado que os licantropos eram da primeira espécie, levaria o estudo às últimas consequências.

Ninguém quis fazer parte da comissão, e o próprio Barzinsky pôs-se em campo, no interesse da ciência. Uma semana depois, voltou à sede social, requerendo reunião extraordinária para a meia-noite da próxima sexta-feira. Combinado. Ao entrarem na sala à hora aprazada, seus colegas viram que um licantropo ocupava a tribuna de conferências. Saíram apressadamente, e nunca mais a Academia se reuniu nem Barzinsky foi visto.

LEITE SEM PARAR

A chuva de leite caiu sobre o cocho onde os porcos se alimentavam. Eles nunca tinham visto aquilo. Fartaram-se de beber. Já saciados, divertiam-se tomando banho de leite.

— Como Cleópatra ou Claudette Colbert – observou o filho do fazendeiro que viera da cidade e era cineasta. — Vou filmar esta cena.

Os porcos não sabiam que estavam copiando exemplos célebres, e a brincadeira se repetia indefinidamente. Até que enjoaram do alimento e do passatempo. O mais velho foi expor o assunto ao fazendeiro.

— Muito obrigado pela temporada de leite, mas agora chega. Como faz um calor dos diabos, o senhor não podia oferecer à gente uma chuva de refrigerantes?

O fazendeiro respondeu:

— Eu não produzo refrigerante, produzo leite, quer dizer, as vacas produzem para mim. Se vocês o recusarem, me criam um sério problema. As usinas de laticínios também não o querem. Alegam que só aceitam se o Governador financiar a estocagem, porque as vacas estão doidas varridas, não param de produzir leite. Sejam compreensivos, não me obriguem a jogar todo esse leite fora.

A BAILARINA E O MORCEGO

Há um morcego voando de madrugada pela Rua Montenegro. Sempre depois de duas horas, nunca depois de quatro.

Escolhe entre janelas abertas e penetra em quartos de moças, para chupar-lhes o sangue. Faz isso tão de leve que a vítima não acorda, e só de manhã, ao se levantar, sente ardor em pequeno ponto arroxeado do pescoço.

Há quem discuta a identidade do animal, e afirme tratar-se de vampiro humano, como os há na Transilvânia. Falta consistência à afirmação, pois homem algum atingiria o sétimo andar, subindo pela fachada dos edifícios.

Muitos moradores já viram o morcego e tentaram matá-lo. Ele escapa, e se diria que não teme represálias, pois voltou pela terceira vez ao quarto de Hercília Fontamara, bailarina do Teatro Municipal.

Aos repórteres, Hercília falou que começa a habituar-se ao fato de ser visitada por um morcego que lhe retira algumas gotas de sangue sem maior dano. Ela observou que, a partir da primeira visita, aumentou sua flexibilidade muscular nos ensaios, e que nunca dançou tão bem como daí por diante. Espera ter um desempenho perfeito na apresentação de *Giselle*, se na noite da véspera oferecer um pouco de si mesma ao estimulante quiróptero.

O LAZER DA FORMIGA

A formiga entrou no cinema porque achou a porta aberta e ninguém lhe pediu bilhete de entrada. Até aí, nada demais, porque não é costume exigir bilhete de entrada a formigas. Elas gozam de certos privilégios, sem abusar deles.

O filme estava no meio. A formiga pensou em solicitar ao gerente que fosse interrompida a projeção para recomeçar do princípio, já que ela não estava entendendo nada; o filme era triste, e os anúncios falavam de comédia. Desistiu da ideia; talvez o cômico estivesse nisso mesmo.

A jovem sentada à sua esquerda fazia ruído ao comer pipoca, mas era uma boa alma e ofereceu pipoca à formiga.

— Obrigada – respondeu ela —, estou de luto recente.

— Compreendo – disse a moça —, ultimamente há muitas razões para não comer pipoca.

A formiga não estava disposta a conversar, e mudou de poltrona. Antes não o fizesse. Ficou ao lado de um senhor que coleciona formigas, e que sentiu, pelo cheiro, a raridade de sua espécie. Você será a 7.001ª da minha coleção, disse ele, esfregando as mãos de contente. E abrindo uma caixinha de rapé, colocou dentro a formiga, fechou a caixinha e saiu do cinema.

O AMOR DAS FORMIGAS

— O amor das formigas, você já observou o amor das formigas? – perguntou Otávio a Isadora. Não, Isadora nunca observara o amor das formigas. — Nem eu – confessou Otávio. — Aliás, nunca ninguém observou o amor das formigas – sentenciou.

— Mas os entomologistas... – ponderou Isadora.

— Os entomologistas pensam que observaram – retrucou Otávio —, mas as formigas são muito discretas. Não são como os homens e as mulheres, que amam em público.

A conversa continuava nessa trilha de formiga, em zigue-zague, quando a formiga apareceu na ponta da toalha de mesa e foi subindo. Outra formiga veio em seguida. As duas caminharam às tontas, depois juntaram as cabecinhas num movimento elétrico, e se afastaram, cada uma para o seu lado.

— Você acha que elas se amaram? – perguntou Isadora.

— De modo algum – respondeu Otávio. — Trocaram sinais de serviço, apenas. E daí, querida, ninguém ama com a cabeça, é exatamente o contrário: cabeça atrapalha.

— Pois eu acho o contrário do contrário – disse Isadora. — As formigas podem ser mais evoluídas do que nós, e amar acima do coração, de um modo perfeito.

Mas a conversa não conduzia a nada, e os dois tomaram chá.

BICHOS, AINDA

Falei nos bichos metafóricos, que vão desertando a linguagem, e Angelo Varela, de Brasília, me escreve lembrando, entre outros, o bezerro-desmamado, que já não chora tanto como no tempo em que o choro produzia dividendos. (Hoje, tanto faz rir ou chorar, o que aumenta é o Imposto de Renda). Angelo lembra também a barata-descascada, tão branca, tão albina, de chamar atenção na rua. A qual barata – lembro por minha vez – podia ser dupla, quando se tratasse de mulher excessivamente beata, e então era barata--de-igreja.

Meu correspondente anota ainda o bicho-carpinteiro, que a estas horas deve estar mais quieto, como o recomendam a prudência e o AI-5, que cochila mas não dorme; a besta-fera, de circulação restrita à cidade de Afonso Bezerra, no Rio Grande do Norte, que assim batizou seu primeiro e metuendo automóvel, lá pelas fumaças de 1930. (Por que não reavivar a expressão, generalizando-a? "Besta-fera – vende-se, modelo 72, superequipado, cor bege, financio até 24 meses.") Outros animais: a pulga de cós, ou seja, pessoa que não larga a outra de manhã à noite, e à qual damos hoje um nome vulgar, que não preciso reproduzir aqui; a pulga atrás da orelha, inseto bem florianista pois ensinava a desconfiar desconfiando sempre; e a galinha-pedrês, dama que exagerava seus favores, distribuindo-os a muitos.

Se tais bichos sumiram no pretérito perfeito, cumpre reconhecer que um ou outro mantém vitalidade, como o cavalo do santo, de alto préstimo nos terreiros, quando o Orixá quer manifestar-se. Menos popular, o lobo-da-estepe, saído da ficção de Hermann Hesse, faz aparições de longe em longe nas rodas intelectuais, mesmo porque, se fosse mais assíduo, perderia a qualidade. Onça-pintada, surge uma ou outra por aí, reagindo a provocações, mas em geral esta espécie ficou mesmo arquivada no tempo do onça. Lembram-se do coelho Osvaldo? Nem eu. Mas o burro sem rabo ainda é visível a olho nu, enfrentando os carros, os buracos, a dureza da cidade moderna.

Chega de falar em bicho-palavra, mas antes de terminar lanço uma ideia, sem exigir royalty, nem mesmo salva-de-palmas-que-ele-merece. É sugestão para namorados em particular, mas oferecida às pessoas de boa vontade em geral. Bom seria que passássemos a nos tratar por bichos, carinhosamente.

Meu amor, meu bem, minha flor, meu anjo, tesouro, estas fórmulas estão gastas. Recorramos às espécies animais, parceiras do nosso viver, integradas na comum aventura terrestre, e restauremos, com elas, as expansões da afetividade.

Permita-se que o rapaz chame à garota "minha juriti", mas conta-se também que ele a declare "minha leoa morena", "meu leopardo de tranças" ou "cobrinha-coral-do-amor-divino". Que amigo saúde o outro dizendo-lhe: "Caro panda-americano" e o outro responda: "Salve, gavião-de-penacho". "Minha adorada chinchila", "albatroz do meu coração", "lince três vezes lindo", "está chegando o grande narval", "amanhã vou visitar o meu querido tietinga", "não faça isso com a nossa ararinha-azul", "bom dia, delfim", "até amanhã, andorinha-de-ipanema"... sugestões.

Nas horas mais íntimas, bichos de menor ou nenhum pedigree poderão ser invocados; o carinho transfigura-os. Deixo esta parte à inventiva do leitor. Fico nos bichos poéticos, nos ilustres, nos convencionalmente citáveis. Sem esquecer a lição do namorado, no poema de Manuel Bandeira, que se virou para a moça e disse-lhe "com muita doçura":

— Antônia, você parece uma lagarta listrada.

Parece, não: é, quando descobrimos a beleza feminina da lagarta listrada. E de tantos outros bichos nossos irmãos.

Se não sabemos mais preservar a natureza ao vivo, pelo menos a cultuemos em forma de poesia animal e afetiva.

O RATO E O CANÁRIO

Homem com fome, o que é comum; sem comida para satisfazer sua fome, o que também não é raro. Aparência modesta, mas digna; barba por fazer; cara de necessidade. Levava uma sacola. Passou pelo restaurante também modesto, com qualquer coisa de simpático – a cor das paredes, talvez – e entrou. Foi direto ao gerente, na caixa:

— Desculpe... Se lhe disser que há cinco dias eu não como propriamente, só estarei falando verdade. Mas o senhor não vai acreditar.

— Por que não?

— Sinto que é compreensivo.

— Também já passei dias sem levar um bocado à boca, e sei que não é nada divertido.

— Então eu queria lhe pedir...

Não precisou explicar. O gerente chamou o garçom:

— Sirva alguma coisa a esse senhor. Por conta da casa. E voltou-se para o recém-chegado:

— Hoje é o meu dia de ajudar o próximo. Aniversário da minha santa mãezinha, que Deus tenha.

O homem sentou-se, comeu lentamente, saboreando o prato simples que uma senhora desconhecida e falecida lhe despachava do céu. Acabando, voltou à caixa:

— Claro que não posso lhe pagar, o amigo sabe. Mas agradecer de coração, isso eu posso.

— De nada, ora essa.

— Mas não vou embora sem lhe provar de alguma maneira minha gratidão. Tenho aqui uma curiosidade, que o senhor vai apreciar.

Tirou da sacola um piano minúsculo e um ratinho, e disse a este:

— Toque, Evaristo.

Evaristo não se fez de rogado, e executou um trecho de *Pour Elise* com bastante sensibilidade.

— É fantástico! – exclamou o gerente. — Nunca vi coisa igual.

— Tem mais. O senhor ainda não viu o meu canarinho. Surgiu da sacola um canário-da-terra, dócil à convocação.

— Aquela modinha, Sizenando.

Com acompanhamento de piano por Evaristo, Sizenando atacou *É a Ti, Flor do Céu*, arrancando discreta lágrima do gerente.

— Que beleza! Mas o senhor, não leve a mal eu perguntar, com esse tesouro nas mãos, precisa viver desse jeito?

— Ah, meu amigo, não posso, não devo explorar esses inocentes. Como é que iria mercantilizar os dons do Evaristo e do Siza, que considero meus filhos, de tanto que eu gosto deles?

Diante do gerente boquiaberto, o homem retirou--se com a sacola e seu conteúdo. Foi andando pela rua. De repente estacou, preocupado.

— Eu não devia ter feito isso com um cara tão generoso, que me matou a fome.

Voltou ao restaurante, onde o gerente o recebeu com surpresa:

— Esqueceu alguma coisa? Não vai me dizer que, cinco minutos depois, está novamente com o estômago vazio? Ou pensou melhor, e quer me vender os dois artistazinhos e mais o pianito?

— Nada disso. Vim por uma questão de consciência.

— Como disse?

— Questão de consciência. O senhor foi tão legal comigo...

— E daí?

— Daí que eu não tinha o direito de fazer o que fiz.

— E que fez o amigo senão me regalar com o seu par de artistas que me fizeram subir água aos olhos?

— Por isso mesmo. O senhor se comoveu com a audição, mas não é justo que continue iludido num ponto fundamental.

— Cada vez percebo menos. Desembuche, homem!

— O seguinte. Eu enganei o senhor. O Siza não canta coisa nenhuma, é um canário bobo, faz aquela figuração toda, mas quem canta mesmo é o Evaristo, que é ventríloquo!

Este caso me foi contado por amigo merecedor de crédito, mas fico na dúvida se não será criação de algum escritor, adaptada ao modo de ser carioca. Neste caso, que o autor me perdoe o avanço em sua obra.

RICK E A GIRAFA

No jardim zoológico, neste domingo azul, a girafa olha do alto para as crianças, e parece convidá-las a um passeio no dorso. Há uma escada perto, e se for encostada ao animal, Ricardo (Rick é o seu apelido) poderá chegar até lá.

O garoto mede a distância que vai do chão ao lombo, e julga-se em condições de vencê-la. Uma vez lá em cima, cavalgando o pescoço, e segurando-lhe os chifres, pedirá à girafa, depois de umas voltas pelo Jardim, que o leve por aí, percorrendo o mundo.

Presa há tanto tempo, a girafa há de estar ansiosa de liberdade. Não será difícil transpor a cerca. Ela espera que Rick lhe proponha a aventura. Ninguém se atreveria a travar-lhe os passos, e Rick vai dirigi-la nos rumos que aprendeu no atlas escolar.

O problema é descer de vez em quando, para Rick alimentar-se de biscoitos, fazer necessidades e dormir. Camarada, a girafa irá se deitando aos poucos, primeiro dobrando devagar as pernas, depois se inclinando lentamente para o lado, e afinal arriando com suavidade a carga infantil.

Mas para subir outra vez, como se arranjaria ele? Escada não haverá. Mesmo deitada, a girafa é difícil de subir. A imaginação não lhe fornece recurso plausível. O sonho frustrou-se. Rick levanta o braço direito e, com a mão espalmada em gesto de adeus à girafa que gentilmente o convidara, esclarece:

— Muito obrigado. Fica para outra ocasião, quando eu crescer.

DUAS GIRAFAS

No momento, duas girafas provocam admiração e inveja no povo carioca.

A admiração provém do fato de serem, realmente, essencialmente girafas. Em geral, nossas girafas deixam muito a desejar. São de compensado, plástico, cartolina ou papel; servem a promoções comerciais, e é só. Poucas, mais concretas, trabalham no circo, e podemos considerá-las antes escravas do que artistas; ficamos a desejar-lhes um 13 de Maio. As de agora, ostentando um físico iniludível, não se propõem a vender coisa alguma, nem trabalham grátis no picadeiro. Percebe-se, ao apalpá-las, que nasceram girafas, embora o fizessem em Antuérpia e não na selva africana, e girafas continuam, com admirável pertinácia, em época de mutações desconcertantes: girafas puras, ao natural. Um garoto, a meu lado, comentou diante da foto:

— Puxa, mas são um bocado girafas, hem?

E ainda não vira os originais. Os que viram são unânimes em atestar a girafalidade intrínseca dos dois exemplares, e à admiração juntam inveja.

A razão desta última é que, mal chegaram ao Rio de Janeiro, as duas girafas, ou melhor, o casal de, não teve problemas. Táxi, hotel, essas coisas? Encontram à sua disposição área residencial vasta e privativa, que lhes permite espalhar confortavelmente as pernas, sem invadir propriedade alheia. Não lhes deram nenhum apartamento tipo quarto/kit, onde se acumulam cachos de cinco, seis ou mais não girafas. Têm sol à vontade! E outras fortunas. E chamam-se, idílica porém não shakespearianamente, Romeu e Julieta, sem Montecchios e Capuletos a se matarem em volta por questões de família. São talvez os derradeiros namorados românticos, e pastam suas proteínas e sais minerais com uma tranquilidade, mas com uma tranquilidade...

Não que essas pessoas reprovem a largueza imobiliária, a boa comidinha dada a girafas. Quem se integra na natureza não pratica esse egoísmo, antes aprova e louva tais cuidados. O que aflora ao pensamento do observador encantado é uma ideia, uma hipótese, um ponto de interrogação cercado de muita cisma: "Se eu tivesse nascido girafa, talvez fosse mais feliz." Em todo caso, contemplar uma girafa, pelo menos até agora e aqui, onde elas são raras e quase nunca autênticas, é uma pequena felicidade.

150

Também fui vê-las, ou pensei em ir, e foi como se tivesse ido, pois a foto resolve para mim a questão do espaço/tempo. Fui e vi, vi e gostei. Gostei e não entrevistei as girafas, sabendo que, mesmo tendo língua de meio metro de comprimento, elas não são de muito falar. O laconismo, senão o silêncio das girafas, encerra lição. E daí, quis poupar-lhes o elogio obrigatório da cidade, e outras convenções caducas. Envolvê-las no processo político, pedir que tomassem posição à esquerda, à direita, no centro, de pé ou deitadas, seria impertinente. É preciso deixar que pelo menos as girafas continuem elas mesmas, quando conseguem sê-lo, e parecer ser o caso dessas recém-chegadas ao Jardim Zoológico. Tenho observado, ao longo de uma vida mais extensa que a das girafas (elas duram cerca de 20 anos) que a tentação do ser é ser outro ser, é anular-se para assumir outra identidade, coletiva, de classe ou de grupo, numa participação que significa mais alienação do que outra coisa, pois com ela se esfuma o essencial, do indivíduo e sua liberdade profunda, único instrumento próprio de que dispõe para julgar o mundo, os governos, os fatos, o sentido da existência.

Estou divagando. E queria apenas saudar as girafas, declarar-me também amigo e admirador das duas, as boas, as legítimas girafas que acabam de chegar ao Rio, e não vêm para perturbar nem oprimir: vêm para continuar a ser girafas, honradamente.

HISTÓRIA NATURAL

Cobras-cegas são notívagas.
O orangotango é profundamente solitário.
Macacos também preferem o isolamento.
Certas árvores só frutificam de 25 em 25 anos.
Andorinhas copulam no voo.
O mundo não é o que pensamos.

VIII

A REUNIÃO
DOS BICHOS

ESTÓRIA

Um dia os bichos se reuniram para examinar a conjuntura. Não era nada boa. Havia escassez de frutas, sementes, grama, folhagem e outras utilidades. Provisões acumulavam-se aqui e ali, mas o burro não queria mais transportá-las, pois não eram para ele. O macaco, parecendo-lhe vulgar o pulo de um galho a outro, mandara vir de plagas distantes uma geringonça complicada, que o transportava triunfalmente pela estrada real, massacrando pobres centopeias desprevenidas, e despertando ressentimento entre os demais bichos. Latia-se que o preço daquele aparelho correspondia ao de oitenta cochos para cavalos velhos, mas não era possível encomendar o material desses cochos. O tatu, no governo provisório dos animais, alegava que não podia fazer nada nesse ou em qualquer sentido, tudo estava muito difícil e vinha do passado; limitava-se a soprar numa taquarinha mágica, pela qual sua voz ia até os sertões mais ásperos, onde espécies infelizes embalavam as mágoas assuntando o mistério da taquarinha. E como a capivara furtava! A capivara se esquecera de todas as noções, exceto a de furto. Quando se enfarava de furtar do próximo (pois tudo enche) furtava de si mesma acertando no peso, mudando o cobre de bolso, ou escondendo para ela própria não achar mais, ou achar e ter a sensação de furtar outra vez o furtado. A milícia de gaviões foi despachada para pegá-la numa "incerta"; mas a capivara tinha cotais de escuta no caminho, e mal viu o cheiro de gavião, soverteu no rio. Os gaviões acharam melhor não incomodá-la, no que foram recompensados, sendo promovidos a pombas-rolas. As rolinhas autênticas não sabiam o que pensar. E a vida continuou, desagradável para o elefante, o camelo, a mosca, o jabuti, a zebra, o cabrito, a minhoca, os habitantes do ar, do mato e da água em geral, com exceção talvez do tubarão, que de resto não fazia pequena cabotagem.

A reunião dos bichos, de união só tinha as sílabas finais. Vinham desconfiados e agressivos, cada qual maquinando comer o outro se não lograsse convencê--lo, ou mesmo antes. A ordem do dia comportava a escolha de novo maioral, e aí a temperatura subiu. Os aspirantes se atropelavam. O mais pacífico era o leão, um pequeno leão do norte, que pregava o entendimento entre os animais, e talvez por isso foi logo desacreditado, abandonando a competição. Causou sucesso, pela rapidez e variedade de suas evoluções, o peixe-voador, que cantava, bailava e era também o seu tanto elétrico. Mas teve a inabilidade de chamar para junto de si o tatupeba, mais conhecido como papa-defunto, e ninguém deu mais nada por ele; sabia-se que os condores não iam com a cara do tatupeba, e depois conto, como diria La Fontaine. Surgiu por sua vez o urso-branco, majestoso, solitário, o pelo veludoso mas eriçado de espinhos; ora dava urros tremendos, ora se adoçava em sorrisos; que urso mais esquisito, murmuravam atônitos a lebre e o gafanhoto; o noitibó, sempre pessimista, vaticinou que, no poder, o urso-branco mudaria de cor e passaria a dragão. Veio o jacaré, enorme, possante, engolindo tudo, até potes e carruagens. E veio a araponga, de triste martelar; sozinha martelava.

A assembleia estava perplexa e inquieta. Como escolher? O candidato do rinoceronte não convinha à libélula, nem o desta ao sabiá, e cada um votaria a seu modo. Havia o temor de que a cobra-de-duas-cabeças votasse duas vezes, a aranha tantas quantas suas pernas, a mula sem cabeça visse os seus direitos postergados, e a cédula do elefante fosse um tijolo arrasador. Então o galo de rinha teve uma ideia: não haveria escolha, pois esta seria ruim de qualquer jeito, e o sistema de votar, absurdo. Os bichos seriam submetidos por dois meses a um tratamento moral intensivo. Purificada a natureza animal por meio de leis sábias e violentas, a cobra perderia o veneno, o papagaio a vertigem, a onça a ferocidade, a preguiça a preguiça, o jacaré a gula, e assim por diante. Uma fuinha ponderou que já tinham sido feitas experiências nesse sentido – muitas – e as espécies estavam na mesma, senão pior; era preferível escolher logo um dos bichos e esperar, não dois meses, mas dois milhões de anos a reforma da criação. O autor da ideia respondeu que faltava à fuinha senso histórico e político. Mas os bichos não se convenceram: quem dirigiria a experiência? Um dos bichos a ser reformado com os demais? E quem reformaria a ele? E como reformaria aos outros? De maneira simples, explicou o galo de rinha: o pau cantará para todos. Ora, quase todo animal tinha no corpo a marca de uma aventura dessas; o tigre perdera o bigode, o leão a juba, a seriema uma asa... Olharam para o orador, ressabiados, e foram saindo de banda.

NA CABECEIRA DO RIO

Ouviu a queixa do rio e prometeu salvá-lo. Dali por diante ninguém mais despejaria monturo em suas águas. Contratou vigilantes, e ele próprio não fazia outra coisa senão postar-se à margem, espingarda a tiracolo, defendendo a pureza da linfa.

Seus auxiliares denunciaram que alguém, nas nascentes, turvava a água. Foi lá e verificou que um casal de micos se divertia corrompendo de todas as maneiras o fio d'água. Os animais fugiram para reaparecer à noite. E explicaram, antes que levassem tiro na barriga:

— Não fazemos por mal, apenas brincamos. Que pode um mico fazer para se divertir, senão imitar vocês?

— A mim vocês não imitam, pois estou justamente lutando para proteger este rio.

— Já não se pode nem imitar – observaram os micos, fugindo outra vez. — O homem é um animal impossível. Agora deu para fazer o contrário.

FÁBULA

Foi em março, ao findar das férias, quase à entrada
do Congresso,
que onças apareceram de mansinho,
começando a soltar miados leves.
Na praça atormentada,
onde sangue raiava puma e arminho,
pombos em pânico pediam
ao céu que os libertasse
da garra de um gavião pouco distinto,
falco mato-grossensis, tão faminto.
Vendo as malhadas bichas
chegarem pela estrada de Belém
(com escala em Brasília),
exclamaram em coro: "Eis que aí vem
a nossa salvação, em forma de onça!
Ei, oncinhas, benzocas, já, depressa,
caçai o caçador que nos devora
e que num desafio pousa agora
lá no alto daquela geringonça!"

Ouvem as onças a arrulhante súplica
e, profissionalmente pulseiras,
já se aprestam à grande prova pública:
pegar o gavião
em seu voo rasante ou no relógio
aéreo, onde medita o necrológio
de suas vítimas, e zomba de alçapão.
cada qual mais pincha e sacoleja,
disfarça, uiva, fareja,
sem vero resultado.
Aquelas, mais sabidas, se consultam
e convocam o falco, em tom matreiro,
a um fino ajantarado.
Baixa o gavião, e bica ali,
aqui, além, o pinto ao molho pardo,
um nadinha de bife, enxuga o chope,
mas tão rápido e alígero, dir-se-ia
um locutor da rádio do Berardo.
À mole sobremesa,
eis que as onças, uivando um sustenido
(com a assistência amável do Penido),
saltam, felinas – pá!
e na fereza
do bote julgaram morto o gavião.
Que nada. A ave desguia, em pleno azul,
grasnindo: "Eu volto já",
toma, sereno, o rumo do Japão.

Aprenda no colégio a aluna onça
que todo gavião é ave sonsa.

CASO DE BALEIAS

A baleia telegrafou ao Superintendente da Pesca, queixando-se de que estava sendo caçada demais, e a continuar assim sua espécie desapareceria com prejuízo geral do meio ambiente e dos usuários.

O Superintendente, em ofício, respondeu à baleia que não podia fazer nada senão recomendar que de duas baleias uma fosse poupada, e esta ganhasse número de registro para identificar-se.

Em face dessa resolução, todas as baleias providenciaram registro, e o obtiveram pela maneira como se obtêm essas coisas, à margem dos regulamentos. O mar ficou coalhado de números, que rabeavam alegremente, e o esguicho dos cetáceos, formando verdadeiros festivais no alto oceano, dava ideia de imenso jardim explodindo em repuxos, dourados de sol, ou prateados de lua.

Um inspetor da Superintendência, intrigado com o fato de que ninguém mais conseguia caçar baleia, pôs-se a examinar os livros e verificou que havia infinidade de números repetidos. Cancelou-se o registro, e os funcionários responsáveis pela fraude, jogados ao mar, foram devorados pelas baleias, que passaram a ser caçadas indiscriminadamente. A recomendação internacional para suspender a caça por tempo indeterminado só alcançará duas baleias vivas, escondidas e fantasiadas de rochedo, no litoral do Espírito Santo.

LEÃO-MARINHO

Suspendei um momento vossos jogos
na fímbria azul do mar, peitos morenos.
Pescadores, voltai. Silêncio, coros
de rua, no vaivém, que um movimento

diverso, uma outra forma se insinua
por entre as rochas lisas, e um mugido
se faz ouvir, soturno e diurno, em pura
exalação opressa de carinho.

É o louco leão-marinho, que pervaga,
em busca, sem saber, como da terra
(quando a vida nos dói, de tão exata)

nos lançamos a um mar que não existe.
A doçura do monstro, oclusa, à espera...
Um leão-marinho brinca em nós, e é triste.

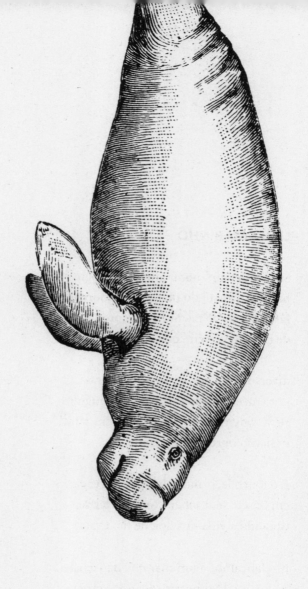

PEIXE-BOI

Informado de que a próxima Feira da Providência terá, entre mil atrações, um vasto peixe-boi, deliberei entrevistar esse triquequídeo, absolutamente inédito na Guanabara e adjacências.

Não foi difícil localizá-lo. Apesar de sua fama de esquivança e cautela, o peixe-boi faz um barulho dos diabos ao alimentar-se fora d'água. Ouvindo inusitado rumor à margem da piscina, onde cresce erva abundante, para lá me dirigi, e logo identifiquei o nosso hóspede, que pastava seus quarenta e cinco quilos de vegetação.

— Senhor peixe-boi, poderia atender à curiosidade dos leitores de minha coluna, respondendo a algumas perguntas?

— Não gosto de conversar na hora das refeições – resmoneou — mas seja tudo pelo amor da Feira da Providência, a que compareço como convidado especial. Fale, e responderei. Mas, antes de mais nada, eu é que vou lhe perguntar uma coisa. Já voltou a carne aos açougues?

— Veio a congelada.

— Ainda bem. Eu receava uma traição.

— Como assim?

— Sabe, esse nome, peixe-boi, pode dar margem a equívocos. Se falta o boi propriamente dito, peixe--boi deve botar as barbas de molho. Não me esqueço da mixira.

— Que que é isso?

— Mixira, meu caro desinformado, é chouriço de minha carne. Dizem que ela é insípida, e acho bom que o seja, para não atrair o apetite de vocês, mas por que faziam mixira de mim? Leia o dr. José Veríssimo, que conta o processo. Carne de peixe-boi, moqueada e cozinhada na gordura do próprio peixe-boi! Se já não se pratica mais isto, é porque a raça está acabando. Sou um dos poucos sobreviventes, e me cuido.

— De fato, parece que o senhor é mais uma originalidade que um exemplar.

— E olhe que até no Espírito Santo, nos tempos do padre Anchieta, nós circulávamos felizes, sem problemas. Depois, começou a matança. Mania de fazer óleo e azeite de cozinha com o meu toucinho. De fazer chicotes com o meu couro. Até mangueira d'água para os trens maria-fumaça tiravam de meu lombo! Não estou mentindo, ouça o que diz D. Flávia da Silveira Lobo, na sua enciclopédia animal. Tanto caçaram minha espécie que ela virou raridade, digna de ser mostrada em feira, com entrada paga.

— Louvo sua generosidade, comparecendo.

— Prezado colunista, ainda há generosidade nos peixes. Nos últimos da minha família, pelo menos. De resto, não sou propriamente peixe. Sou mamífero, como você, tenho alguma coisa de humano, como os próprios homens têm. Confesso que não vim ao Rio só por altruísmo. Vim também para saber das coisas, entende? Mamífero da Amazônia observa o comportamento dos mamíferos da Guanabara, que comem, bebem e dançam para ajudar os pobres. Peixe-boi se divertindo a olhar os que se divertem olhando o peixe-boi. Não sabem que estou achando graça neles. Meu focinho de bezerro inspira-lhes gracinhas. Também me rio dos que têm cara de macaco ou de foca. Nenhum deles tem de altura o que tenho de comprimento, nenhum pesa tanto quanto eu. Portanto, sou superior a vocês por mais de um título, e nem por isso me considero rei da natureza. Pasto minha relvinha – licença, vou papár mais um feixe, com a minha rica série de molares – e não chateio os outros, como vocês gostam de fazer.

Ouviu-se um estrondo: era o peixe-boi mastigando. Cessada a manducação, não resisti:

— Mas o senhor faz tantas restrições ao gênero humano.

Por que, afinal, atendeu ao convite?

— Amigo, até peixe-boi gosta de publicidade.

E mergulhou. Só então me espantei de que ele falasse, e falasse tanto. Expliquem os sábios na escritura que segredos são estes de Natura.

SUBSISTÊNCIA

O rapaz que vivia de dar milho aos pombos, ganhando para isto certa quantia que não dava para viver, rebelou-se e, criando asas e bico, entrou a disputar aos pombos o milho que seu substituto lhes distribuía.

As aves não aprovaram a transformação, pois o moço, convertido numa delas, comia mais do que cinquenta pombos reunidos. Começaram a bicá-lo furiosamente, obrigando-o a fugir. No terreno baldio onde se escondeu, a feia ave desajeitada pensa em partir para outra, e estuda o caderno de profissões legalizadas, a ver se alguma o coloca ao abrigo dos animais e dos homens.

FERA

Às vezes o tigre em mim se demonstra cruel
como é próprio da espécie.
Outras, cochila
ou se enrosca em afago emoliente
mas sempre tigre; disfarçado.

IX

AO ABRIGO
DOS ANIMAIS

OS BICHOS ESTRANHOS

Jacarés, jaguatiricas, jacus, quais, pacas, macacos, lontras e outros animais ameaçados de desaparecer porque o homem dito civilizado não lhes dá quartel são mantidos em liberdade e segurança na Reserva Biológica de Jacarepaguá. O pai jacaré, lindíssimo, com filhotes montados no dorso, tomando banho de sol, é símbolo de conciliação entre seres vivos – essa conciliação que hoje não se admite nem mesmo no esporte, como acabam de demonstrar em Munique terroristas palestinos.

Bichos felizes, porque poupados — mas, e certas espécies desprotegidas, esses bichos estranhos que habitam na linguagem, e cada dia se tornam mais raros, por falta de uso ou por desconhecimentos das graças do falar? Refiro-me, por exemplo, ao bicho de sete cabeças. Em que papo encontramos hoje o bicho de sete cabeças?

Ele e seu primo o bicho-papão deixaram praticamente de existir. Já o bicho-careta, que me conste, perdeu muito de sua individualidade: ficou simplesmente *careta*. É compreensível que o bicho de concha circule pouco por aí, bem como o bicho da consciência, mas sinto falta de uma espécie útil, o bode expiatório, e de outra que galopava em tempos idos, o cavalo de batalha.

Quem souber, é favor, me dê notícia de dois bois sumidos, o boi na linha e o boi no telhado, este último emigrado do Nordeste para um cabaré de Paris, onde certamente nosso Di Cavalcanti (um abraço, Di, pela criatividade adolescente que é teu segredo eterno) o viu mugir saudades brasileiras.

Mas são tantos, tantos, os animais esquecidos por aí. A quantidade de leões. Já pouco se fala no leão da Metro, nada no leão do norte, e pago um chope a quem me contar do leão coroado. Sobrevive o leão de chácara, o de Judá beira os 100 anos, o de São Marcos, sem o prestígio de outras eras, resiste apenas na boca dos guias de turismo. No Largo dos Leões, cadê leão?

Por onde voas tu, ó mosca azul, que tens as asas cortadas sempre que tentas esboçar o mais leve bailado? A pomba da paz, esta nem é preciso lembrar que foi cozinhada ao molho pardo, e sua irmã a pomba sem fel de há muito deixou de comer milho no peitoril da vida.

Na ordem dos primatas, o macaco velho prima pela ausência, era uma vez o macaco torrado que veio da Bahia, os macaquinhos no sótão esconderam-se embaixo do divã do analista, e a derradeira macaca de auditório circula, errante, pelas estações de TV.

E o pinto-calçudo, que frequentou um romance de Oswald de Andrade? O pinto pelado? O mosquito--elétrico, o urubu malandro, o rato de sacristia? Falei no boi, e ia esquecendo o boi da cara preta, o qual, quando me dá saudade, tenho de procurar no LP de Caymmi. E a besta quadrada, senhores? Que fim levou essa bela besta, rigorosamente quadrada, que tratava tão bem e não desdenhava meter-se em todos os assuntos, até fazer discursos, até dirigir empresas, até mesmo governar?

Também procuro e não acho por aí o cavalo de Troia. O gambá errado tanto errou que sumiu. O gato escaldado fez-lhe companhia, o gato de botas nenhum garoto quer saber dele, o gato-sapato aposentou-se sem vencimentos.

Tínhamos um dragão, e ainda temos, o da rua larga, mas recolhido a silêncio discreto. O centauro dos pampas já não figura nos comentários políticos. O tigre da Esso faz caretas publicitárias, mas o tigre de tapete é memória acadêmica. Bacalhau de porta de venda ainda se encontra ao natural, mas no figurado só alguma vovozinha, se as houver na era de Pitanguy, sabe o que é isso.

Reconheço a vitalidade do cachorro-quente, anoto com prazer a permanência do peixe vivo e do sabiá da crônica, registro a vaca de nariz sutil de Campos de Carvalho e a pulga ninfomaníaca de Quincas,

Edu, Elvira e Al, porém meu pensamento se volta para inúmeros bichos curiosos, tão populares ontem, hoje necessitando com urgência de uma Reserva Glossológica onde vivam ao abrigo do tempo e da volubilidade humana.

OS BICHOS CHEGARAM

Bichos de toda espécie invadiram a cidade. E ninguém reclama. As autoridades não tomaram medidas. E se tomassem, haveria protestos gerais contra elas. Pelo contrário, até o fisco está satisfeito, porque cada bicho invasor dá ensejo à cobrança de imposto de circulação. Os bichos são acolhidos com simpatia e levados para casa dos moradores.

Não falo só de tartaruguinhas e gatos, que é relativamente fácil hospedar e ter como companhia constante. Aqui no apartamento instalei nada menos que uma zebra, dois elefantes e um pavão. Eles convivem muito bem uns com os outros e com o pessoal de casa. Já o meu amigo Almeida deu preferência a uma esplêndida girafa e a um não menos garboso hipopótamo. Sei de colegas de aposentadoria que passam a ter como pessoas da família rinocerontes, focas, baleias, até dinossauros. Há quem se contente com a presença de búfalos, e os que se dão muito bem contemplando no *living* bodes e cobras, igualmente pacíficos.

O aparecimento desses e outros bichos no ambiente doméstico não acarretou a menor perturbação à rotina familiar. Todos eles se comportam de maneira discreta, nada exigem de especial, adaptam-se de maneira exemplar ao estilo de vida de cada um. Alimentação não é problema. Higiene, também não. É admirável o recato desses animais, que nunca fazem ouvir um som inconveniente, jamais estragam objetos de uso, e primam em limpeza.

— Minha girafa é adorável – disse-me, extasiado, o amigo Ari. — Imagine você que ela, tendo em vista a limitação natural do pé-direito da sala, não vacilou em encolher, até ficar uma girafinha maneira. Ocupa o mínimo de espaço e conserva as características gerais da espécie, por sinal que muito mais requintadas.

Compreendo o encantamento do Ari, pois a gentileza dos meus animais não perde para a da sua girafa. Gosto de ler até tarde da noite, e quem me acompanha nessa vigília literária? A zebra. Fica adiante de mim, tão serena, tão atenta, que ouso afirmar: os livros são o seu prazer predileto.

Dizer que os cães são ciumentos não me parece rigorosamente verdadeiro, pois os cães invasores não despertam hostilidades em seus colegas domiciliados. Por mais que acariciemos aqueles, estes não se mostram ressentidos. De resto, a convivência harmoniosa de seres tão diversos como o leopardo e o jacaré, no espaço restrito da residência de um *colarinho-branco*, é suficiente para comprovar a tendência fraternalista dos animais, a que venho me referindo. Amigos entre si, e amigos da espécie humana: contraste flagrante com o comportamento suspeitoso, e mesmo guerreiro, do homem para com o seu semelhante. Mas este é outro assunto, deixa pra lá.

A verdade é que estamos participando de um ato de amor entre bichos e gente, em termos de habitação conjunta. Já não atacamos os animais nem somos agredidos por eles. Confraternização é a palavra. Vieram morar conosco, oferecemo-lhes as partes mais nobres da casa. Aceitaram muito naturalmente, e o polvo não é mais jantado por nós. Assiste ao nosso jantar, de seu lugar de honra, bem visível. E como é belo, nada assustador, o seu tentaculado porte!

Bichos que nunca vi na vida, nem no Jardim Zoológico (só em gravura), agora os tenho cotidianos, na casa deste ou daquele amigo. Falei no dinossauro, realmente um senhor raríssimo, mas não devo omitir a vulgaridade de um anopluro, que, para agradar a seus hospedeiros, fez o contrário da girafa: cresceu até o tamanho de uma unha de gente e pôde exibir a forma artística de sua imagem. Vulgar, sim, e até nojento, como todo piolho, mas se transformou em algo sedutor.

Razão para essa acolhida benévola, e mesmo entusiástica, dos invasores em nossas casas? Só pode haver uma: o pessoal andava tão distanciado da natureza, tão envolvido em fumaça, barulho, mau cheiro e mau humor urbanos, que resolveu abrir as portas – e o coração – a toda sorte de bichos, desde a pulga ao elefante, os quais, por sua vez, se condoeram de nossa situação e se dispuseram a amenizá-la. Não vieram ainda ao natural, é certo. Vieram em madeira, em barro, em pedra-sabão, em vidro, em acrílico, em poliéster, em prata, em jade. As vitrines estão cheias deles. É a moda dos bichinhos decorativos, dizem alguns observadores. Engano. É mais do que isso. É a volta à natureza, na única maneira pensável e possível a esta altura dos acontecimentos.

A VISITA DA BORBOLETA

Discorram meus colegas sobre assuntos graúdos, nacionais e internacionais, que hoje eu fico com as borboletas. Pela manhã, uma delas, de espécie comum, branca e pequena, entrou pela janela e veio tomar café comigo. Mais propriamente, visitar-me na hora do café. Não pousou na xícara nem nos biscoitos nem na margarina. Limitou-se a dar uns volteios em torno da mesa e retirou-se, deixando a lembrança agradável de sua visita. Embora cordial, estava apressada. Todas as borboletas são apressadas por natureza. Vivem um momento breve e não podem perder tempo com um cronista fútil, se bem que parecesse dizer, com seus volteios: "Adoro a futilidade."

Naturalmente, fiquei todo concho com a visita: não é qualquer cronista que recebe agrados dessa ordem. Satisfeito com a minha importância, pois até as borboletas me consideram, retomei o mau hábito de ler jornal tomando café. Então deparei com a notícia de que ia realizar-se no bairro do Grajaú uma vigília ecológica em defesa das borboletas, ameaçadas de extinção. Compreendi: a visita não fora gratuita, vinha chamar-me a atenção para o fato. Mesmo assim, continuei apreciando a delicadeza. O lepidóptero (permitam-me chamá-lo pelo seu nome livresco) era meu leitor, imaginem.

Ora, bem que pessoas ocupadas e lutando pela burra da vida no Rio de Janeiro se lembram de dedicar um sábado de repouso à tarefa de tomar conta das borboletas, indo até as ruínas da antiga fazenda de Vila Rica para dizer, exemplar, doutrinar: "Não cacem nem matem nem comercializem borboletas. Elas executam um serviço ponderável de polinização, além de deslumbrarem a vista da gente com suas ricas roupagens coloridas, em voo tonto."

O pessoal do Grajaú está certo. Vejo representado nas borboletas um interesse global da vida, que se tece de infindáveis articulações entre elementos da natureza, ligando a existência do homem a um quadro onde tudo tem sua função e portanto sua explicação. O fato de a borboleta encerrar beleza já seria bastante para justificá-la a nossos olhos. Quem vê uma *Prepona menander* (a qualificação científica não é pedante, foi-me oferecida pelo livro onde a estampa acende um verde luminoso sobre o negro, e eu ignoro o nome vulgar), quem vê um ser desses bailando no espaço, há de sentir melhor a graça do dia e mais leve o peso da inflação. E já não falo da *Urania leilus*, uma senhora sofisticadíssima borboleta, de tons requintados. E em dezenas de outras, admiráveis.

Como toda beleza, esta é contingente, e não adianta querer perenizá-la em forma estática, nos cruéis arranjos decorativos imaginados pelo homem visando a fins de lucro. Os objetos que utilizam asas de borboleta são horrendos, por mais que se pretenda convencer os turistas do contrário.

Já a atividade prefixada da borboleta em proveito do equilíbrio ecológico, esta é uma noção fácil de transmitir aos meninos, na escola de primeiro grau, em vez de tolerar que eles se transformem em pequenos e, amanhã, grandes caçadores, por prazer ou negócio.

A vigília do Grajaú não tinha intenção de somente defender borboletas. Pensou também nas aves e vegetais de toda sorte que, mesmo localizados no Parque Nacional da Tijuca, sofrem a ameaça geral contra a natureza, que é uma das características da vida de hoje. Mas a particularização em benefício das borboletas dá à gente a segurança de que a consciência ecológica vai se acentuando e distribuindo entre nós de maneira confortadora. O tema pequeno alia-se ao grande. Por outra, não há temas pequenos, em se tratando do meio natural. Uma folha de erva rasteira resume o universo.

Meu Deus, fiz uma frase de efeito, e não sou sequer vereador com direito de fazê-las. A borboleta que me visitou não gostaria disso. Caso falasse nossa linguagem, diria coisas simples, graciosas, sem afetação. E aquela era tão simples, tão sem azuis, vermelhos e verdes para exibir. Certamente não lerá estas linhas, e mais certamente ainda não existirá mais à hora em que o jornal estiver circulando. Faz mal não. Ela deu o seu recado, eu dei o meu. Borboleta, rosa e jornal vivem horas curtas, mas renascem e documentam a permanência da vida. Outra frase? Bem, desculpem, e já vou eu, na próxima, borboleteando entre assuntos vários, neste ofício de juntar sílabas sobre o cotidiano, que é meu velho ofício. Amiga borboleta, obrigado pela visita. Volte, sem compromisso.

X

MALTRATAR ANIMAIS É UMA FORMA DE DESONESTIDADE

ANEDOTA BÚLGARA

Era uma vez um czar naturalista
que caçava homens.
Quando lhe disseram que também se caçam
                    [borboletas e andorinhas,
ficou muito espantado
e achou uma barbaridade.

CIVILIZAÇÃO

O veado-galheiro-do-norte reuniu a família e:

— Rápido, pessoal, vamos dar o pira que isto aqui na Amazônia está cheirando a fumaça!

O veado-mateiro, seu primo, e a capivara, vizinha dos dois, sentiram o mesmo odor e dispararam também. Com pouca sorte: no Maranhão ouviam-se tiros, em Mato Grosso pairava cheiro de carne assada; em Goiás...

Lá embaixo, no Rio Grande do Sul, pobre do marrecão-da-patagônia; distraiu-se e seu dia chegou. Não lhe serviu de consolo ver o maçarico-preto e a caturrita tombarem do mesmo galho.

Pelo Brasil inteiro ouve-se: Pum! Pum! Pum! Ou, se preferem versões americanas, de quadrinhos: *Bam! Zing! Crash!*

São os bichos caindo, as aves baixando em voo morto, a caça legal, autorizada pelo Instituto Brasileiro de Desenvolvimento Florestal. Até 31 de agosto, aproveitem, caçadores. Podem matar a seu gosto. Com apenas três restrições:

1) Cacem por esporte; não cacem para ganhar dinheiro ou por maldade.

2) Evitem caçar certas espécies, que são sagradas.

3) Não cacem muito; limitem o número de animais caçados, para que sempre restem alguns no mato.

Tirante isso, meus prezados, a fauna lhes pertence. Gosta de codorna, e não simplesmente de ovos da dita? Então, vá a Minas, vá a São Paulo, ao Paraná. Estado do Rio, não; codorna sob o governo do dr. Padilha tem de ser respeitada. É para o inhambu que vai o seu paladar? Não queira prová-lo no Espírito Santo nem na Bahia; dirija-se a São Paulo. Paca, essa boa carne, está pulando à sua disposição no extremo Norte, mas desista desse prato em Santa Catarina. O mesmo bicho é caçável num estado, incaçável noutro.

Carece de o caçador levar na mão a arma e a portaria do Instituto, para não se enganar, e um bom mapa do Brasil também.

O mesmo recomendo aos bichos: vocês têm que aprender a ler, queridos; ou pelo menos arranjar um radinho de pilha, que os oriente para onde devem se mandar, se residirem em unidade federativa onde foi permitida a matança de vocês. Cuidado com informantes e dedos-duros: qualquer descuido pode ser fatal. Estudem as questões de limites que ainda persistem entre alguns estados, para evitar o pior. Narceja pousada no galho, precisa saber se o tronco fica do lado de cá ou do lado de lá; o brejo que ela aprecia já foi fotogrametrado? Olhe o risco de um tiro legal, procedente de qualquer das margens.

Outro problema, a numeração. Saracura, o caçador licenciado tem direito de liquidar cinco; a nº 6, que andar escondida por perto, não está livre de ser imolada à contagem errônea. Caça e caçador geralmente não chegam a acordo, e que adiantaria mostrar a este a estatística de saracuras sacrificadas? Ele se enganou, pronto: mata seis, mata sete.

Recomendar a presença de fiscal junto ao caçador licenciado, para que não derrube mais de dez marrecas-dos-pés-encarnados? Não quero pôr em dúvida a integridade dos fiscais de qualquer natureza, mas carne de marreca é tão sublime, quando bem preparada! Vá lá, pode derrubar ainda umas três ou quatro, de pinga. Mas não se esqueça aqui do titio, hem? E a ideia de instalar um computador nos capoeirões brasileiros, para controlar o teto das caçadas, mostra que o surrealismo continua vivo. De qualquer modo, fiquem sabendo: caçar dez irerês é esportivo; onze, já constitui abuso contra a natureza. Quer acabar com a raça?

— Mas eu sou campeão de caça a irerê e queria bater meu recorde!

Calma, amizade. Você ainda tem direito a abater dez inhambuxororós, dois inhambus-canela-roxa, dez codornas… Seu clube lhe dará novos troféus.

Bem, a caça é permitida nas regiões e períodos em que não se desenvolve a fase de reprodução das espécies. É princípio universal, a que se submete nosso Código de Caça. Respeita-se a reprodução, para que ela assegure a estocagem de animais a serem caçados por esporte, sob tais e quais condições restritivas.

Garante-se a natureza, por um lado; por outro, garante-se o esporte, que desfalca a natureza. Mas que esporte é esse, fundado na morte de animais inocentes, e não na alegria da vida, que dá sentido às competições da força e da higidez?

Palavra que não entendo. Não o entendia Paul Léautaud, que se rejubilava quando o tiro destinado à caça pegava a nádega de outro caçador. Não chego a tanto, mas suspeito que falta ainda muito para se inscrever nos dicionários o exato sentido da palavra civilização.

ANTA

(segundo Varnhagen, von Ihering e Colbaccini)

Vou te contar uma anta, meu irmão.
Mede dois metros bem medidos
e pesa doze arrobas.
Há um tremor indeciso nas linhas
do pelo do filhote
que depois vai ficando bruno-pardo
para melhor se dissolver
no luscofúsculo da mata.
Orelhas móveis de cavalo
e força de elefante.
Estraçalha cachorros,
derruba caçador e árvores
com estrondalhão
e deixa-se prender
no laço à flor do rio.
Senão,

capriche bem no tiro, meu irmão.
Mata-se e esfola-se
distribuindo mocotós como troféus.
A anta esquarteja-se
em seis pedaços, ritualmente:
dois quartos traseiros
(divididos em gordas cinco partes);
cabeça e espinhaço completo;
costelas;
pernas dianteiras;
carnes entre pernas traseiras;
parte anterior do peito.
No vale do rio Doce a anta mergulha
em profundezas de gravura
antiga, desbotada.

DA UTILIDADE DOS ANIMAIS

Terceiro dia de aula. A professora é um amor. Na sala, estampas coloridas mostram animais de todos os feitios. É preciso querer bem a eles, diz a professora, com um sorriso que envolve toda a fauna, protegendo-a. Eles têm direito à vida, como nós, e além disso são muito úteis. Quem não sabe que o cachorro é o maior amigo da gente? Cachorro faz muita falta. Mas não é só ele não. A galinha, o peixe, a vaca... Todos ajudam.

— Aquele cabeludo ali, professora, também ajuda?

— Aquele? É o iaque, um boi da Ásia Central. Aquele serve de montaria e de burro de carga. Do pelo se fazem perucas bacaninhas. E a carne, dizem que é gostosa.

— Mas se serve de montaria, como é que a gente vai comer ele?

— Bem, primeiro serve para uma coisa, depois para outra. Vamos adiante. Este é o texugo. Se vocês quiserem pintar a parede do quarto, escolham pincel de texugo. Parece que é ótimo.

— Ele faz pincel, professora?

— Quem, o texugo? Não, só fornece o pelo. Para pincel de barba também, que o Arturzinho vai usar quando crescer.

Arturzinho objetou que pretende usar barbeador elétrico. Além do mais, não gostaria de pelar o texugo, uma vez que devemos gostar dele, mas a professora já explicava a utilidade do canguru:

— Bolsas, malas, maletas, tudo isso o couro do canguru dá pra gente. Não falando na carne. Canguru é utilíssimo.

— Vivo, fessora?

— A vicunha, que vocês estão vendo aí, produz... produz é maneira de dizer, ela fornece, ou por outra, com o pelo dela nós preparamos ponchos, mantas, cobertores etc.

— Depois a gente come a vicunha, né, fessora?

— Daniel, não é preciso comer todos os animais. Basta retirar a lã da vicunha, que torna a crescer...

— E a gente torna a cortar? Ela não tem sossego, tadinha.

— Vejam agora como a zebra é camarada. Trabalha no circo, e seu couro listrado serve para forro de cadeira, de almofada e para tapete. Também se aproveita a carne, sabem?

— A carne também é listrada? – pergunta que desencadeia riso geral.

— Não riam da Betty, ela é uma garota que quer saber direito as coisas. Querida, eu nunca vi carne de zebra no açougue, mas posso garantir que não é listrada. Se fosse, não deixaria de ser comestível por causa disto. Ah, o pinguim? Este vocês já conhecem da praia do Leblon, onde costuma aparecer, trazido pela correnteza. Pensam que só serve para brincar? Estão enganados. Vocês devem respeitar o bichinho. O excremento — não sabem o que é? O cocô do pinguim é um adubo maravilhoso: guano, rico em nitrato. O óleo feito com a gordura do pinguim...

— A senhora disse que a gente deve respeitar.

— Claro. Mas o óleo é bom.

— Do javali, professora, duvido que a gente lucre alguma coisa.

— Pois lucra. O pelo dá escovas de ótima qualidade.

— E o castor?

— Quando voltar a moda do chapéu para homens, o castor vai prestar muito serviço. Aliás, já presta, com a pele usada para agasalhos. É o que se pode chamar um bom exemplo.

— Eu, hem?

— Dos chifres do rinoceronte, Belá, você pode encomendar um vaso raro para o *living* de sua casa. Do couro da girafa, Luís Gabriel pode tirar um escudo de verdade, deixando os pelos da cauda para Teresa fazer um bracelete genial. A tartaruga-marinha, meu Deus, é de uma utilidade que vocês não calculam. Comem-se os ovos e toma-se a sopa: uma de-lí-cia. O casco serve para fabricar pentes, cigarreiras, tanta coisa... O biguá é engraçado.

— Engraçado como?

— Apanha peixe pra gente.

— Apanha e entrega, professora?

— Não é bem assim. Você bota um anel no pescoço dele, e o biguá pega o peixe mas não pode engolir. Então você tira o peixe da goela do biguá.

— Bobo que ele é.

— Não. É útil. Ai de nós se não fossem os animais que nos ajudam de todas as maneiras. Por isso que eu digo: devemos amar os animais, e não maltratá-los de jeito nenhum. Entendeu, Ricardo?

— Entendi. A gente deve amar, respeitar, pelar e comer os animais, e aproveitar bem o pelo, o couro e os ossos.

OS ANIMAIS, A CIDADE

Como de costume, no dia de S. Francisco de Assis, procedeu-se em algumas cidades do país à bênção de animais, o que não impede que, em todas as cidades do país, os animais continuem a ser meticulosamente torturados. Nem nos jardins zoológicos eles escapam. No Rio, informa um jornal, deu-se ao elefante uma laranja recheada de vidro moído, que quase o levou para o paraíso dos elefantes, onde certamente, por precaução, não entram homens; ao hipopótamo, ofereceu-se uma bola de tênis, igualmente provocadora de graves distúrbios orgânicos; duas oncinhas ganharam como lanche pedaços de cinto plástico, que elas engoliram e lhes causaram a morte. São brincadeiras de visitantes, em lugar frequentado por pessoas que, aparentemente, estimam os animais. Mas o instinto de brincadeira mal disfarça o instinto de perversidade, que se ceva em maus-tratos e no extermínio de seres indefesos, talvez porque seja mais complicado e mais comprometedor aplicá-lo em indivíduos da mesma espécie.

Os bichos abençoados voltaram para seus domicílios, como privilegiados que têm casa, comida e carinho. Se bem que ter casa e não ter chão de terra, folhagem, ar livre, é meia felicidade para eles. Os não abençoados que se cuidem. Afastem-se cada vez mais da convivência humana, porque a guerra do homem ao bicho é pra valer. Considerando que o destino da baleia é ser pescada, estamos atacando de canhão eletrônico, arma tão perfeita que graças a ela se aguarda para breve a extinção da espécie. Já o abate de animais no matadouro pede requintes de crueldade que não estamos dispostos a abandonar. Quanto às aves, estacamos em dúvida. Um partido manda abrir ou suprimir as gaiolas: soltem-se as asas no claro azul! Outro partido acha que na gaiola é que elas gozam de um mínimo de segurança; a luta cá fora está braba.

Por essas e outras (conta Lya Cavalcanti) um inglês escreveu a um hoteleiro de sua terra perguntando se podia hospedar-se em companhia de um cachorro. Resposta:

"Há 30 anos sou dono de hotel e ainda não precisei chamar a polícia para expulsar cães bêbados que provocassem desordem à noite, nem recebi cheque sem fundos de cachorro nenhum, nem tive cobertores ou lençóis incendiados por cachorros que fumassem na cama, e ainda não precisei recuperar guardanapos ou toalhas na bagagem de um cachorro. Assim, pois, o seu cachorro será bem-vindo. P. S. É claro que o senhor poderá acompanhá-lo." Este hoteleiro seria talvez multado ou perderia o alvará do estabelecimento, se fosse inspecionado por um de nossos idólatras do progresso. Cachorro em hotel, que porcaria! Parece que só os velhos entendem essas coisas.

Falar nisso, um leitor (de ideias adolescentes) aponta-me como inimigo do progresso, porque, escrevendo sobre o Rio de hoje, deplorei a sorte de uma bela cidade que se vai destanizando à medida que adota os avanços tecnológicos. Com muito gosto e honra aceito a qualificação. Progresso é palavra-mito que se presta às mais variadas deformações, cobrindo um sem-número de ilusões, umas cândidas, outras perigosas. Aliás, um tanto fora de uso. Hoje, aprecia-se mais *desenvolvimento*, rótulo atualizado, a encobrir tristezas e carências humanas cuja profundidade não é programada nos computadores. Sou antiprogressista feroz, irrecuperável, se progresso é rua que perdeu função de rua, é automóvel que deixou de servir ao homem para servir-se dele, qual monstro adorado e odiado ao mesmo tempo; se progresso é o outro nome de poluição, obstrução, agressividade, neurose. E estão comigo milhões de pessoas que abominam esse tipo de progresso insaciável e insociável. Tenho também a meu lado a flor dos urbanistas, psicólogos, sociólogos e homens públicos do mundo inteiro, que denunciam esses males e se afadigam na intenção de corrigi-los. Por sinal que, no particular do Rio, sugeri a grande medida da salvação pública: entregar-se a um desses homens *fora de série*, o "velhinho" Lúcio Costa, a tarefa ciclônica de pôr ordem no caos. Haverá alguém entre nós que tenha, mais do que ele, olhos voltados para o futuro e para o viver-feliz do homem?

O leitor aponta ainda uma de minhas contradições (são tantas, e gosto delas, pois indicam a consciente confrontação da vida): estando de mal com o progresso, recomendo a cremação de cadáveres. Essa não. Trata-se de uso da Grécia Antiga, e neste caso me confesso humildemente um *grego* nostálgico...

MATAR

Aprendo muito cedo
a arte de matar.
A formiga se presta
a meu aprendizado.
Tão simples, triturá-la
no trêmulo caminho.
Agora duas. Três.
Milhares de formigas
morrendo, ressuscitam
para morrer de novo
no ofício a ser cumprido.
Intercepto o carreiro,
esmago o formigueiro,
instauro, deus, o pânico,
e sem fervor agrícola,
sem divertir-me, seco,
exercito o poder
de sumário extermínio,
até que a ferroada

na perna me revolta
contra o iníquo protesto
da que não quis morrer
ou cobra sua morte
ferindo a divindade.
A dor insuportável
faz-me esquecer o rito
da vingança devida
já nem me acode o invento
de supermortes para
imolar ao infinito
imoladas formigas.
Qual outra pena, máxima,
poderia infligir-lhes,
se eu mesmo peno e pulo
nesse queimar danado?
Um deus infante chora
sua impotência. Chora
a traição da formiga
à sorte das formigas
traçada pelos deuses.

JACARÉ-DE-PAPO-AZUL

— Jacaré-de-papo-azul, por acaso o senhor já viu um na sua vida? Azul, azulinho ele todo, o papo, não o jacaré. Eu vi. Vi e conferi, que ele ficou meu amigo, pode acreditar. É, eu sei, nesta beira de rio, vez por outra costuma aparecer jacaré-de-papo-amarelo, não faz novidade nisso. A gente está acostumada com ele, sabe lidar com o bichinho, e cai de pau no lombo dele antes que ele ferre a gente com uma dentada ou derrube a canoa com uma rabanada forte. Já experimentou serrilha de rabo de jacaré no corpo, terá coisa pior do que isso neste mundo de coisas piores? Olhe aqui o meu peito, eu falo de jacaré porque jacaré entrou na minha vida desde menino, o primeiro que vi levou a perna de meu pai, outro fez no meu corpo este desenho que o senhor está admirando, pois não é tal qual uma mulher nua costurada na pele, a marca que ele deixou? Se não morri foi porque estava decretado que jacaré nenhum tem poder sobre este afilhado das 13 almas sabidas e entendidas, que cortam as forças de meus inimigos. Meu pai, a perna dele não foi propriamente comida pelo jacaré, ele tirou só um naco, mas o resto apodreceu e no hospital da Januária tiveram que serrar na altura da coxa. E ainda falam que jacaré em terra é uma pasmaceira, não sabe correr nem brigar. Pois sim. O que aleijou meu pai estava dormindo na quentura da praia, muito do seu natural, como se ali fosse a casa dele. Pai cutucou ele assim com a ponta do pé, fazendo cócega na parte da barriga que estava meio exposta, porque o desgraçado dormia meio de banda, entende. Jacaré fez que não viu nem percebeu, continuou no seu paradeiro, pai cutucou mais, achando graça no sono pesado daquele bicho entregue à vontade da gente, sem defesa, porque jacaré fora d'água... e tal e coisa. Depois de muito cutucar, o velho lascou um pontapé no traseiro do bicho, o bicho achou que aquilo era demais, nhoc! cravou a dentadura afiada na coxa dele. Eu estava perto e disparei porque não sou bobo, pai veio atrás, sangrando e xingando o jacaré, que continuou no mesmo lugar, sem dar confiança. Quando a gente voltou para caçar ele, tinha sumido. Bem, se conto essas coisas ao senhor é pra mostrar como a vida é feita de tira-e-dá: aqui estou eu ganhando a minha caçando jacaré pra vender o couro. A carne, eu aproveito em casa, o senhor já provou uma boa jacarezada, feita com capricho, muita pimenta e uma branquinha de qualidade pra santificar o total? Lhe ofereço uma se o senhor arranchar aqui mais de uma semana, tempo de aparecer jacaré que anda meio desanimado de descer o rio, sei lá onde se meteu. Não quer? Já sei, o senhor embrulha o estômago só de imaginar bife de jacaré, basta pensar no cheiro, aquele pitiú, e mais o gosto da carne dele. Pois muito se engana, é questão de lavar, salgar, temperar direito. Bem, não se fala mais nisso, não vou lhe oferecer um prato que o senhor não dá o devido valor. Onde é que a gente estava na direção da conversa? Ah, já sei, na minha vida de caçador de jacaré, que parece feita de aventura e que talvez seja pros outros, pra mim é escrita bem decifrada, não tem mistério, e se ficou esse desenho gozado no meu peito foi porque eu ainda não tinha muita experiência de jacaré, facilitei, pronto: gurugutu, mas aprendi pro resto da vida, é baixo que um me pegue outra vez, minhas 13 almas me acompanham no serviço, me adestram na caça, sou capaz até de pegar jacaré a laço de vaqueiro, como diz que se faz lá no Marajó, me contaram. Ou que nem índio, que pula do galho da árvore em cima do jacaré, monta nele; quando jacaré mergulha, índio mergulha também, com a mão esquerda agarrada na barriga do bicho, com a direita aperta bem os olhos dele e com a terceira mão, que ninguém tem mas nessa hora aparece, amarra o focinho dele com embira que levou presa na boca... O senhor duvida? Quer dizer, isso ainda não fiz, faltou ocasião, mas chegando a hora eu faço. Só que não gosto de judiar dos bichos, mato eles porque o cristão tem de viver à custa de tirar a vida do jacaré, mas no dia que eu achar um diamante, digo até-nunca pro meu ofício, por enquanto vou comendo carne, vou vendendo couro. Pagam uma porcaria, sabe? No entanto, qualquer coisa feita de couro de jacaré custa uma nota alta, a vida é assim, também brinca de dá e tira. Estou destaramelando faz tempo e ainda não cheguei ao caso do jacaré-de--papo-azul. Pois eu conto, o senhor fique a cômodo neste tamborete e preste atenção no meu relato.

Como estava lhe dizendo. De tanto viver assuntando o rio pra ver se tem jacaré, a gente acaba tendo parte com a água, conhece o que ela esconde, sabe o que ela quer dizer. Rio não engana, mesmo se toma cautela de esconder no barro o que é de esconder. Mas pros outros é que esconde, não pra quem nasceu junto dele e carece viver dele. De começo fui pescador de peixe, como todo mundo, mas eu queria outra coisa, queria tirar do rio o mais difícil. Minhocão, diz o senhor? Minhocão sabe pra quem aparece. Meu negócio era com o jacaré, o rio entendeu e me dá o jacaré que eu preciso e não abuso. Tanto que de jeito nenhum eu caço filhote. Brigo com jacaré grande, no poder da valentia dele, e se eu venço, fico agradado de mim; se perco e ele foge, a vez era dele, está certo. Naquele dia foi diferente. Jacaré botava a cabeça pra fora, eu ia pra cima dele, e nada. Aparecia mais adiante, voltava a afundar, tornava a aparecer, a afundar. Brincando. Isso que eu percebi depois de uma meia hora de perseguição. Estava se divertindo comigo, não fugia, também não se entregava. E era engraçado ver o jacaré tão despachado, tão corredor, na correnteza tão devagar, porque o senhor sabe que este rio aqui não tem pressa de chegar, só mais embaixo ele pega numa disparada que o Governo aproveita para fazer uma usina gigante. Aqui o rio é lerdo, a gente sente melhor o rio, dá pra fazer amizade. Então eu percebi que era isso que o jacaré estava querendo, fazer amizade comigo. O senhor já reparou em boca de jacaré? Parece que ele vive rindo de tudo, até sem motivo. Esse que eu falei ria com o corpo inteiro, às vezes chegava à flor d'água o tempo de eu apreciar ele todo, e rabeava com um jeito moleque, tão gozado que só o senhor vendo. Eu doido de aproveitar e cair em cima dele, mas quem disse? Depois de muito dançar e mergulhar, ele deu um salto e virou de barriga pra cima, a uma distância que não dava pra pegar. Ficou assim, boiando satisfeito da vida, que nem flor. Que nem essa flor, o senhor sabe, grandona e redonda, boiando feito bandeja, lá no fim do Norte, que eu nunca vi de perto, só de figura. Aí eu fui chegando perto, chegando perto, bem de mansinho. Se ele vira de repente e me dá uma rabanada, pensei, adeus canoa e eu sou o finado Marcindírio. Ele não virou, cheguei bem perto e vi. Tinha o papo azul, azul deste céu que o senhor está vendo, azul-claro, limpinho, bom de passar a mão... Passei. O senhor não acredita que passei? Pois o danado gostou, deixando eu fazer esse agrado que a gente faz no pescoço do gato, só que mais forte, o couro é o contrário da macieza do gato. Não tive coragem de fazer mais nada. Ele estava tão feliz de ser tratado assim, tão prosa de mostrar seu papo diferente, lindeza de papo. Aí eu falei assim: "Vou m'embora, jacaré; você livre de morar no rio, que eu não te causo dano." Voltei sem ofender aquele bicho-irmão, pois pra mim ele ficou sendo um negócio parecido com irmão, não digo filho porque era tão forte quanto eu, se não mais, e filho da gente, por mais que cresça e apareça, é sempre uma plantinha mimosa, sabe como é. Em casa, minha patroa zombou de mim, achou que eu não estava regulando. Não dormi de noite, pensando no jacaré. Dia seguinte, olha ele outra vez me chamando pra brincar, eu disse: "Calma, jacaré, não posso passar a vida me distraindo com você, não sou mais menino e você também não é filhote. Todos dois têm que cuidar da vida, que a morte é certa." Até parece que ele entendeu, ficou com ar meio amuado, afundou. Só apareceu muito tempo depois, de longe, experimentando a mesma sorte de molecagem. Fiquei com pena dele: "Tá bom, eu brinco." Mas tem propósito um barranqueiro como eu alisando papo de jacaré, só porque ele é azul, me diga, tem propósito? Se a gaiola passasse e os passageiros me vissem, que é que haviam de achar? Eu sei, talvez algum quisesse me convencer que eu devia levar o jacaré pra terra e vender ele pra fazer figura no circo, mas o mais certo era que todo mundo caísse de gozação em cima de mim, podiam mesmo me levar amarrado feito doido pra dormir na cadeia, e depois... Isso tudo passou na minha cabeça enquanto eu acarinhava o jacaré, fiquei com vergonha que pudessem me ver naquela hora, depois fiquei com vergonha de ter sentido vergonha, afinal que que tem o senhor se entender com um bicho com fama de malvado e vai ver não é malvado coisa nenhuma e pede à gente pra gostar dele? O senhor começou a entender, quer mais um gole de café enquanto eu conto o resto?

A fome começou a apertar aqui em casa, por causa de que não vinha mais jacaré na descida das águas, só ficava banzando por lá o de papo azul, que eu não tinha coração de pegar. Até parece que ele afugentava os outros, queria reinar sozinho, virar dono e senhor do rio. Mas tão manso e engraçado que não tinha cara de mandão. Traiçoeiro não podia ser, se bem que a Luisona me prevenisse: "Toma tento com esse bicho que vai te enfeitiçando, alguma ele te prepara, não vejo nada de bom nessa claridade do rio que deu pra acontecer ultimamente." Luisona é a minha patroa, ela tem esse nome porque é uma tora de mulher. Acontece que o rio vinha mesmo se lavando de sua cor de barro carregado, e quando o sol batia na neblina do amanhecer e a gente via a água, era uma água quase azulada, não que chegasse a azul, parava no quase, coisa que eu nunca tinha visto antes e era maravilha. "Mau sinal!" repetia a Luisona, e as boquinhas dos meninos pedindo comida não davam gosto da gente olhar. Diabo de jacaré, pensei, se eu aproveitar uma ocasião da folia dele e chegar de mansinho e dar nele uma machadada bem certeira, será que morre na horinha e eu não sinto remorso porque não teve tempo de sofrer? Mas se eu errar o golpe? Se o golpe não acertar direto no coração dele, e eu tenho de dar outros golpes e ele me reconhece e crava em mim aqueles olhos redondos e espantados de amigo traído, de irmão assaltado pelo irmão? Não, eu não tinha coragem. E tinha precisão de ter coragem. O rio cada vez azulava mais, ou eu é que enxergava nele a miragem do papo do jacaré tornando tudo em redor uma pintura de quadro de Nossa Senhora? Botei o machado na canoa, rezei 13 vezes a oração das minhas 13 almas sabidas e entendidas e fui vigiar o rio. O jacaré apareceu longe, veio chegando aos poucos, não tinha pressa. Boiava e sumia, tornava a boiar e sumir, era a festa de sempre. Cada vez mais perto da minha intenção, do meu machado. Quando chegou bem rente, estendi o braço devagar pra lhe fazer o carinho do costume. Deu uma virada brusca e afundou. Tinha percebido? Apareceu mais adiante. Cheguei lá, repeti o movimento. Ele também. Mas não tinha ar de brincadeira nova, inventada por ele. Era desconfiança, era defesa, era também (devia ser) resolução de evitar que eu acabasse me tornando um assassino igual aos outros, pior que os outros. Pois aquele animal de Deus gostava de mim e eu dele. Eu percebia isso, mas cada vez ia ficando mais enquizilado com aquele jogo em que o jacaré era mais forte porque era melhor do que eu. Não queria propriamente escapar de morrer, queria impedir que eu matasse. Mas eu queria matar. Eu precisava matar. Pra sustentar meu povo e agora também por outro fundamento, provar ao bicho das águas que lição eu não recebia dele, minha lei é fruto de minha cabeça, eu sei o que é necessidade e justiça. A raiva contra o jacaré ia crescendo, agora eu queria é ver o sangue dele tingindo o rio, desmaiando aquela azularia que encantava a cara suja e sincera das águas. Não resisti, pulei da canoa com o machado na mão direita e fui perseguindo o desgraçado, que fugia sempre como quem brinca de esconder e não dá confiança a quem quer pegar. No que ele nadava e eu também, fui sentindo uma tristeza de minha vida depender de matar, e a raiva ficava menor, eu tinha é pena de mim, tão precisado de fazer mal aos outros viventes, pena dos jacarés de papo de qualquer cor, pena de tudo, e o jacaré deu um mergulho, soverti com ele, a perseguição continuava, mas era tão triste, me via tão humilhado diante do poder daquele bruto de tamanha simpatia e delicadeza, eu menor do que ele, muito pior do que ele. O machado caiu da mão, me embolei com o jacaré, resolvido a acabar com aquilo de qualquer jeito, me expondo, desafiando ele a me cortar em postas, mas o riso dele me doía mais do que se fossem os dentes retalhando minha carne, que luta! seu compadre. Eu embrabecido, disposto a tudo, ele maneiro, dentro das regras, escorregando feito sabonete, mostrando que não queria, não precisava morder, queria é me cansar... cansei. Tudo ficou completamente azul dentro d'água, o próprio jacaré ficou todo azul-celeste, eu perdia as forças, me sentia azular por dentro, uma bambeira de sono diferente me encheu por inteiro. Então o jacaré, esticado, veio por baixo, me pegou pelas costas e foi me empurrando pra riba, me livrando do afogamento, me deixou estendido e mole à flor d'água, de barriga pro ar, uma coisa frouxa, tábua. E sumiu. Sumiu de sumiço eterno até a presente data. Não sei quanto tempo fiquei assim naquele paradeiro. Sei que a Luisona veio nadando feito gigante e foi me puxando no rumo da praia, dizendo: "Esperta homem!" Espertei. Dia claro, o rio outra vez barrento, reuni as forças, fui cair na rede aqui em casa. Dormi dois dias e duas noites. Quando acordei, fui cuidar da vida, arranjar outro machado, outra canoa, pois pra isso me botaram no mundo: pra caçar jacaré.

SALVAR PASSARINHO

O Vento Noroeste (ponho com maiúsculas porque ele é uma personalidade, entre os demais ventos) chegou sem aviso prévio, sacudiu a cabeleira das árvores, derrubou tapumes, entortou postes, estraçalhou coisas. E foi-se embora. No chão, jaziam tábuas, fios, galhos. E no meio dos destroços, no refúgio entre duas pistas, um passarinho de asa quebrada, agitando-se em vão. Anoitecia.

— Olha aquele infeliz tentando voar – disse o passageiro do táxi, quando o sinal fechou.

— Eles ficam assim depois de uma rajada mais forte – comentou o motorista. — É da vida, doutor.

— Dá tempo de descer e apanhar o coitadinho?

— Se andar ligeiro, dá. Mas com esse bolo de carros no meio, como é que vai chegar até ele? O sinal abrindo, eu tenho de tocar, e não levo nem o doutor nem o passarinho.

— Isso é verdade. Mas dá pena ver um bichinho desses sofrendo.

— Faça de conta que não viu.

— Mas eu vi, aí é que está.

— Bem, o doutor é quem resolve. Mas eu não vou perder a corrida se o sinal...

— Eu pago adiantado, não me importo com dinheiro, está aqui o dinheiro.

Começou a mexer nervosamente na carteira, enquanto calculava o preço da corrida.

— Não é isso. O doutor esquece que está com um embrulho grande no carro. Se sair para salvar o passarinho, tem de levar o embrulho, para não ficar sem ele se não voltar a tempo.

— Bolas, me esquecia do embrulho. É mesmo, tenho de levar. Eu levo. Estou disposto a salvar aquele bichinho de qualquer maneira.

— Me desculpe, mas não dá pé o doutor atravessar com esse embrulho, apanhar o passarinho e voltar com os dois.

— Não faz mal. Eu tento. Olhe aqui o seu dinheiro.

— Espere um pouco. O doutor não vê que vai ficar com um embrulho e um passarinho aleijado na mão, no meio da pista, às sete horas da noite, sem condução, e ameaçando chuva? Já está pingando, repare.

— Escute aqui, meu caro ("meu caro", dito sem nenhuma inflexão de ternura, pelo contrário), em certas circunstâncias da vida...

Não concluiu. Apareceu o sinal verde, o motorista arrancou.

— Pois é, se nós não ficássemos conversando, dava tempo. Agora, vou ficar pensando no pobrezinho. Sei que é bobagem, mas não posso ver uma criaturinha dessas sofrer, sem eu sentir alguma responsabilidade.

— Compreendo. O doutor não pense que eu tenho coração de pedra. Mas já calculou o que ia fazer com esse passarinho?

— Ia cuidar dele, ué.

— Ia cuidar, é claro. O doutor chegava em casa, entregava ele pra sua patroa, pedia a ela que tratasse dele. Mas como é que se conserta asa de passarinho, quando a gente não é formada nessas coisas? Não duvido que a madame seja jeitosa, mas consertar asa de passarinho, juro ao doutor que não é mole, tive experiência lá em casa. Pode até quebrar a outra asa. Então a gente pensa em chamar um veterinário, porque a clínica é longe, está chovendo uma barbaridade, mas cadê o número do telefone dele? Mudou de endereço, não atende, essas coisas. E o preço da consulta? Já vi que o doutor não faz questão de dinheiro, mas, com sua licença, a madame faz, e com razão.

— Você é pessimista, hem?

— Realista, doutor, é o que sou. Vamos que fique em cem contos, baratinho, a visita do veterinário. A questão é que ele não vem, a noite é comprida, o bichinho em cima do sofá, padecendo, mexendo só com uma asa. O doutor tem filhos?

— Três.

— Então complica. Vão querer dar palpite, pegar no passarinho, que não quer agrado, não quer comida, quer é ficar livre da chateação. O doutor fica nervoso e...

— E o quê?

— Não tenho coragem de dizer.

— Diga, não faz mal.

— Então o doutor faz aquilo que eu fiz, na mesma situação.

— Que foi que você fez?

— Tranquei o coração, fechei os olhos... e apertei o pescocinho dele. Para ele não sofrer mais. A patroa e os garotos me xingaram de monstro, de mais isso e mais aquilo. Está vendo? Sorte do doutor, aquele sinal abrir.

OUTRA BARATA

Boto o papel na máquina, para alinhavar estas mal traçadas, e eis que na ponta da mesa surge silenciosa baratinha, e...

— Que nojo! – Exclama, em alguma parte do país, minha leitora.

— E, sabe? fica me contemplando.

— Gostou de sua cara. Meus cumprimentos.

— Então decidi: vou escrever sobre a baratinha.

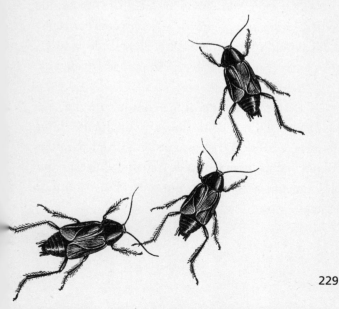

— Mas você não podia inventar assunto mais cronicável? Esse é de morte.

— Sei que é de morte, e certamente vou matá-la antes de fazer a crônica. Narrarei a contemplação e morte da baratinha.

— O que você devia fazer, antes de mais nada, era dedetizar sua casa, viu?

— Pensa que não dedetizei? Este é o primeiro motivo de meu interesse pela baratinha. Não por todas, ou por qualquer. Por esta. Resistiu à dedetização, veio me olhar face a face. Tem alguma coisa a me dizer.

— Veio desafiá-lo, é isso.

— É possível. Mas também é possível que tenha vindo em missão de paz. Quer talvez explicar-me que as baratas, pelo menos as baratinhas, não são aquilo que a gente está pensando delas há milênios.

— Você é um boboca.

— Obrigado. Mas Oswaldo Goeldi era um grande artista, e simpatizava com a barata sem uma perna que todas as noites circulava no seu ateliê, ceando restos de cola. Fazia companhia ao gravador, madrugada alta.

— Bem, o Goeldi...

— E Manuel Bandeira me contou, um dia, que Joanita Blank, flor de pessoa, absolutamente limpa de corpo e hábitos, chamava de amiga uma baratona frequentadora de sua mesa de trabalho. Queriam que ela a esmagasse com uma chinelada. "Eu, matar uma amiga?!", protestou Joanita.

— Mas você disse que vai matar a sua.

— Disse que vou matar, mas não estou bem certo disso. Ela começou a me cativar, como se diz no *Principezinho*. Não é todos os dias que uma barata fica parada diante de um homem, tranquila, tranquila.

— Nem todos os dias que um homem fica parado diante de uma barata, tranquilo, tranquilo.

— Me encara com tanta confiança que seria uma sujeira matá-la.

— Sujeira é a própria barata, você não desconfia?

— Sei que eu e ela não vamos nos entender por palavras, como eu e você não estamos nos entendendo neste momento. A comunicação tem de ser de outro jeito. Estou me esforçando por entender a barata, você não vê logo?

— Francamente: se você começa por não se entender comigo, como é que vai se entender com uma porcaria dessa?

— De qualquer modo, tento. A iniciativa é dela. Você me garante que sou superior a esse bicho. Como então vou recusar o diálogo, tornando-me inferior a uma baratinha?

— Esse orgulho, essa falsa humildade...

— Ora, você está cultivando preconceitos femininos com relação à barata. Joanita deve ser a única exceção. Todas as outras mulheres do planeta não admitem que se tente lançar uma ponte entre a barata e o homem, pelo menos para troca de pontos de vista.

— Não ataque as mulheres em bloco. É demagogia. Pensa que eu não tenho sensibilidade? Se alguém me provasse que barata sofre como a gente, e se ela não fosse tão repugnante...

— Aí está. Para você ter pena da barata, era preciso que ela não fosse barata. Fosse um inseto encantador, como a borboleta.

— Talvez você tenha razão. Gostar do que é bonito não tem valor. O Goeldi...

— Viu? Você passou a compreender a primeira letra da barata. Não é "i" de imunda, é "m" de miséria. Pobre ser miserável, condenado a destruir e ser destruído. Criação triste da natureza.

— Começo a ter pena da baratinha.

— Mas agora é tarde. Ela está se movendo, não parece mais disposta a uma aliança comigo. Retomou o ar dissimulado. Vou matá-la.

— Não faça isso, espere...

— Pronto. Matei.

— Monstro!

Ah, mulheres, mulheres!

O PINTINHO

Foi talvez de um filme de Walt Disney que nasceu a moda de enfeitar com pintinhos vivos as mesas de aniversário infantil. Era uma excelente ideia, no mundo ideal do desenho animado; conduzida para o mundo concreto dos apartamentos, também alcançou êxito absoluto. Muitos garotos e garotas jamais tinham visto um pinto de verdade, e queriam comê-lo, assim como estava, imaginando ser uma espécie de doce mecânico, mais saboroso. Houve que contê-los e ensinar-lhes noções urgentes de biologia. As senhoras e moças deliciaram-se com a surpresa e gula dos meninos, e foram unânimes em achar os pintos uns amorecos. Mas estes, encurralados num centro de mesa, entre flores que não lhes diziam nada ao paladar, e atarantados por aquele rumor festivo e suspeito, deviam sentir-se absolutamente desgraçados.

Como a celebração do aniversário terminasse, e ninguém sabia o que fazer com os pintos, pareceu à dona da casa que seria gentil e cômodo oferecer um a cada criança, transferindo assim às mães o problema do destino a dar-lhes. O único inconveniente da solução era que havia mais guris do que pintos, e não foi simples convencer aos não contemplados que aquilo era brincadeira para guris ainda bobinhos, e que mocinhas e rapazinhos de nível mental superior não se preocupam com essas frioleiras.

Os pintos, em consequência, espalharam-se pela cidade, cada qual com seu infortúnio e seu proprietário exultante. O interesse das primeiras horas continuava a revestir-se de feição ameaçadora para a integridade física dos recém-nascidos (se é que pinto produzido em incubadora realmente nasce). Um deles foi parar num apartamento refrigerado, e posto a um canto da copa, sobre uma caixinha de papelão forrada de flanela. Semeou-se em redor o farelinho malcheiroso que o gerente do armazém recomendara como alimento insubstituível para pintos tenros, e que (o pai leu na enciclopédia) devia ser, teoricamente, farinha de baleia. A ideia da baleia alimentando o pinto encheu o garotinho de assombro, e pela primeira vez o mundo lhe apareceu como um sistema.

O pinto sentia um frio horroroso, mas desprezava a flanela, e a todo instante se descobria, tentando fugir. Procurava algo que ele mesmo não sabia se era calor da galinha ou da criadeira. À falta de experiência, dirigiu seus passinhos na direção das saias que circulavam pela copa. As saias nada podiam fazer por ele, senão recolocá-lo em seu ninho, mas o pinto procurava sempre, e piava.

O garoto queria carregá-lo, inventava comidas que talvez interessassem àquele paladar em formação. Não senhor – explicou-lhe a mãe:

— Não se pode pegar, não se pode brincar, não se pode dar nada, a não ser farelo e água.

— Nem carinho?

— Meu amor, carinho de gente é perigoso para bicho pequeno.

Mas o pinto, mesmo sem saber, estava querendo era um palmo sujo de terra, com insetos e plantas comestíveis, o raio de sol batendo na poça d'água caída do céu, e companhia à sua altura e feição, e, numa casa assim tão bonita e confortável, esses bens não existiam. E piava.

A situação começou a preocupar a dona da casa, que telefonou à amiga doadora do pinto: que fazer com ele?

— Querida, procure criá-lo com paciência, e no fim de três meses bote na panela, antes que vire galo. É o jeito.

Não virou galo, nem caiu na panela. No fim de três dias, piando sempre e sentindo frio, o pinto morreu. Foi sua primeira e única manifestação de vida, propriamente dita.

O menino queria guardá-lo consigo, supondo que, inanimado, o pinto se transformara em brinquedo, manuseável. Foi chamado para dentro, e quando voltou o corpinho havia desaparecido na lixeira.

ELEGIA DE BABY

Tinha sete anos, e ainda era mais criança do que qualquer menina de sua idade. Pesava 1.500 quilos, e chegaria a pesar 4.000, se vivesse. Não viveu. Nascida na Índia, veio morrer no Leblon, sob a lona de um circo devastado pelo temporal – e essa madrugada de vento furioso, que ameaçava acabar com o mundo, terá sido um dos "fatos" de sua pequena vida sem acontecimentos.

Já se sabe que o necrológio é de Baby, a elefantinha que morreu de infecção na garganta. Esses animais são rústicos e delicados, e se no meio nativo se alimentam de plantas espinhentas, de cujo contato fugimos, padecem entretanto dos mesmos males que padecemos, e têm, quanto a nós, a desvantagem de uma sensibilidade que se ajustaria melhor ao nosso corpo que ao deles, ao passo que a nossa poderia chamar-se mais precisamente elefantina.

Vão rareando os elefantes, e com eles a doçura e a paciência na face da Terra. Que a espécie caminha para o fim, os zoólogos já o têm prevenido. O lábio superior alongado e endurecido em tromba, e outros pormenores de estrutura – observa o Professor Coutière – revelam a tendência primitiva ao gigantismo e à ancilose, que certos animais traziam consigo, e de que essas deformações representam justamente uma correção, grosseira, mas indispensável. Os traços subsistiram, mas a espécie nasceu, por assim dizer, errada, e tende a acabar. Por sua vez, os economistas lhe vaticinam o fim. O mesmo autor sério escreveu que basta olhar o elefante para concluir que ele é um "motor bárbaro" e de mínimo rendimento. Consome por dia uma ração bem mais cara que o óleo ou a eletricidade de um aparelho comum, enquanto este produz trabalho incomparavelmente mais precioso que o seu humilde ofício de transportador. Resta o valor econômico do seu marfim, mas talvez se torne menos dispendioso explorar jazidas fósseis desse material, como as que os mamutes deixaram na Sibéria. Há uma última utilidade do elefante, e essa retarda o seu desaparecimento: divertir meninos no circo. Baby não conheceu outra, pois que viveu realmente, para um elefante, *l'espace d'un matin*, isto é, o tempo de uma rosa.

Reduzido à condição circense, que pode o elefante pretender, como remédio a suas melancolias, agravadas na espessa convivência do homem? Fugir, é claro.

Mas a fuga se reduz também a um passeio tonto pela cidade, entre bichos muito mais ferozes, que são os ônibus e os automóveis, num dédalo de ruas que não tem a lei e a simplicidade da floresta. Logo se organizam os homens para prendê-lo e restituí-lo ao seu mesquinho picadeiro. Se se recusa a voltar, os homens, considerando-se ameaçados, dispõem-se a fulminá-lo a tiro. Nunca nenhum escapou.

André Demaison, no *Livro dos Animais Chamados Selvagens*, conta a história de Pupá, pequeno elefante pego numa colônia alemã da África, ocupada mais tarde pelos franceses. Sua alimentação onerosa, a leite condensado, se fazia à custa do Governo; quando os residentes estrangeiros se retiraram, ele quedou abandonado, e andava a esmo pela cidade, mendigando comida, principalmente açúcar. Num 14 de Julho, aproximou-se do clube francês em plena festa. Os homens, já bêbados, quiseram que ele também comemorasse a queda da Bastilha, e deram-lhe um balde cheio de champanha, curaçau, anis e outros licores misturados. Pupá esvaziou-o com tamanha beatitude que daí por diante se tornou ébrio contumaz, e não podia compreender por que todos os dias não eram de festa, como aquele. Decadente, e sem comer, porque apenas lhe davam álcool, sentiu a nostalgia da selva, e fugiu para o interior, mas o meio natal o repeliu: estava demasiado marcado pela companhia do homem, para voltar a ser um bicho. Morreu, sobre os trilhos da via férrea, paralisando o tráfego.

Baby não viveu tais aventuras, nem teria muito que contar. Trabalhou, ainda criança, para comer, divertiu os outros e morreu sem ter compreendido (embora os elefantes sejam inteligentíssimos) a razão de ser de sua viagem da Índia ao Leblon, encerrada tão cedo, quando a outros de sua estirpe a natureza concede uma permanência de 100 a 150 anos sobre a terra. Mas imagine-se o que seria uma prisão de século e meio, mesmo no circo, e já não sentiremos tanto a morte de Baby.

CASO DE CANÁRIO

Casara-se havia duas semanas. E por isso, em casa dos sogros, a família resolveu que ele é que daria cabo do canário:

— Você compreende. Nenhum de nós tem coragem de sacrificar o pobrezinho, que nos deu tanta alegria. Todos somos ligados a ele, seria uma barbaridade. Você é diferente, ainda não teve tempo de afeiçoar-se ao bichinho. Vai ver que nem reparava nele, durante o noivado.

— Mas eu também tenho coração, ora essa. Com é que vou matar um pássaro?

— Porque não tem cura, o médico já disse. Pensa que não tentamos tudo? É para ele não sofrer mais e não aumentar nosso sofrimento. Seja bom; vá.

Os olhos claros de sua mulher pediram-lhe com doçura:

— Vai, meu bem.

Com repugnância pela obra de misericórdia que ia praticar, aproximou-se da gaiola. O canário não abriu sequer o olho. Jazia num canto, arrepiado, morto--vivo. É, aquele estava mesmo na última lona, e doía ver a lenta agonia de um ser tão gracioso, que vivera para cantar.

— Primeiro me tragam um vidro de éter e algodão. Assim ele não sentirá o horror do fim.

Embebeu de éter a bolinha de algodão, tirou o canário para fora com infinita delicadeza, aconchegou--o na palma da mão esquerda e, olhando para outro lado, aplicou-lhe a bolinha no bico. Sempre sem olhar para a vítima, deu uma torcida rápida e leve, com dois dedos, no seu pescoço.

E saiu para a rua, pequenino, por dentro, angustiado, achando a condição humana uma droga. As pessoas da casa não quiseram aproximar-se do cadáver. A cozinheira recolheu a gaiola, para que sua vista não despertasse saudades e remorsos em ninguém. E não havendo jardim para sepultar o corpo, depositou-o na lata de lixo.

Era hora de jantar, mas quem é que tinha fome naquela casa enlutada? O sacrificador, esse, ficara rodando por aí.

No dia seguinte, pela manhã, a cozinheira foi ajeitar a lata de lixo para o caminhão, e recebeu uma bicada voraz no dedo.

— Ui!

O canário tinha ressuscitado, perdão, reluzia vivinho da silva e com uma fome danada.

— Ele estava precisando mesmo era de éter – concluiu o estrangulador, que se sentiu ressuscitar, por sua vez.

MEU VERDOENGO TUCANO

Meu verdoengo tucano
de bico leve e guloso,
escuta este teu amigo:
te arriscas, se não me engano,
a ter um fim doloroso
se não te pões ao abrigo
do destruidor ser humano.

ELEGIA A UM TUCANO MORTO

Ao Pedro

O sacrifício da asa corta o voo
no verdor da floresta. Citadino
serás e mutilado,
caricatura de tucano
para a curiosidade de crianças
e indiferenças de adultos.
Sofrerás a agressão de aves vulgares
e morto quedarás
no chão de formigas e de trapos.

Eu te celebro em vão
como à festa colorida mas truncada,
projeto da natureza interrompido
ao azar de peripécias e viagens
do Amazonas ao asfalto
da feira de animais.

Eu te registro, simplesmente,
no caderno de frustrações deste mundo
pois para isto vieste:
para a inutilidade de nascer.

ALTA CIRURGIA

O cão com dois corações
vagueia pela cidade:
um coração de artifício
e o coração de verdade.

Exulta a ciência, que obrou
tamanha curiosidade:
metade é glória da URSS,
do Brasil a outra metade.

Se o cão é a doçura mesma
em seu natural, que há de
mais carinhoso que um cão
de dupla cordialidade?

Não para aí, no propósito
de servir à humanidade,
a cirurgia moderna,
gêmea da publicidade.

Já pega de outro cãozinho
com a maior habilidade
(não vá um gesto fortuito
lembrar o Marquês de Sade).

Na carne do bicho abrindo
uma vasta cavidade,
implanta-lhe outra cabeça,
que uma não é novidade.

Cão bicéfalo: prodígio
que nos infla de vaidade.
Nem o cérebro eletrônico
o vence em mentalidade.

Se nos furtam dois ladrões,
dois latidos; acuidade

maior, rendimento duplo:
viva a produtividade.

Dois cães que valem por quatro
"preparou" a Faculdade,
sem perceber entretanto
do Brasil a realidade:

Tanta gente sem cabeça
merecia prioridade,
e ao cão, que já tem a sua,
essa liberalidade.

E o coração, esse, é pena
dá-lo ao cão, que é só bondade,
quando os doutores do enxerto
tinham mais necessidade.

XI

AMAR OS ANIMAIS

CHAMADO GERAL

Onças, veados, capivaras, pacas, tamanduás, da
        [corografia do Padre Ângelo de 1881,
cutias, quatis, raposas, preguiças, papaméis, onde
        [estais, que vos escondeis?

Mutuns, jacus, jacutingas, seriemas, araras,
      [papagaios, periquitos, tuins, que não vejo
      [nem ouço, para onde voastes que vos
      [dispersastes?

Inhapins, gaturamos, papa-arrozes, curiós,
      [pintassilgos da silva amena, onde tanto se
      [oculta vosso canto, e eu aqui sem acalanto?

Vinde feras e vinde pássaros, restaurar em sua terra
        [este habitante sem raízes,
que busca no vazio sem vaso os comprovantes de
        [sua essência rupestre.

ULTRATELEX A FRANCISCO

Francisco, bom dia no seu dia!
O dia de sua morte... Quem falou?
Imagino um afresco de Giotto:
Aves riscam os *quatro ventos* do céu,
formam cruzes de plumas. Entre elas,
sobe o poeta a conversar com os anjos.
Ninguém repara em suas mãos transparentes
o signo de cinco cravos sangrentos.
Cruzes e cravos que amor transmuda
em alegria superior a sofrimento.
Não é morte. É dia pleno.

Oi Francisco, perito em alegrias especiais!
A maior: não possuir nada de nada.
Nem mesmo o burel castanho: é para rasgar e
                                    [distribuir.
Nem mesmo o corpo: reservado
aos estigmas da divina predileção.

Francisco operário madrugador na construção
[de igrejas
(não de edifícios de renda, longe disso):
tantas coisas para lhe contar, daqui de baixo.
Mas você não cansou, em sete séculos e meio,
de ouvir a eterna queixa, o monocórdio estribilho
de nossa falta de humildade cortesia ternura
[nudez?

Veja por exemplo os bichos. (Só a eles me refiro
porque não falam por si.) Arvoro-me em secretário
do mico-estrela, da tartaruga, da baleia,
de todos, todos. Dos mais espetaculares aos
[mínimos,
tão míseros.
De irmãos você os chamava. Repare: aterrorizados,
fogem de nós, com muita razão e longos medos.
De um e outro, isolados,
gostamos. Coisa nossa, brinquedo. É gosto sem
[gostar,
feito de posse-domínio.
Veja as infinitas coleções
de animais que padecem em todos os chãos e
águas da Terra
e não podem dizer que padecem, e por isso
[padecem duas vezes,
sem o suporte da santidade.

Pior, Francisco: o padecimento deles
é de responsabilidade nossa – humana? desumana.
Pois nós os torturamos e matamos
por hábito de torturar e de matar
e de tornar a fazê-lo, esporte
com halalis, campeonatos, medalhas, manchetes,
ouro pingando sangue.

Repiso estas coisas meio encabulado.
Tão velhas!
Tão novas sempre, secamente.
Técnicas letais varejam o fundo do mar
e o velho tiro, a velha lâmina
estão sempre caçando o irmão-bicho.

Lembrar que terrível penúria de amor
lavra nos corações convertidos em box
de supermercado de crueldades?
E penúria logo de amor,
essa matéria-prima, essa veste inconsútil de sua
                              [vida, Francisco?

Calo-me, santinho nosso,
mas antes faço-lhe um apelo:
Providencie urgente sua volta ao mundo
no mesmo lugar, em lugar qualquer,
principalmente onde se comercia a santa
                      [esperança dos homens,

para ver se dá jeito,
jeito simples, franciscano, jeito descalço
de consertar tudo isso. Os bichos,
por este secretário, lhe agradecem.

A TARTARUGA

No abismo do terciário
a tartaruga gigante
tem um mínimo de pássaro
que se pusesse a rastejar,
no anel de placa óssea dos olhos,
na ausência pacífica de dentes,
testudo gigas emergindo
de Brejo dos Sonhos,
lá vem trazendo seu recado
de plena paz por entre guerras.
Tão fiel a si mesma, que o retrato
da moça tartaruga do Amazonas
repete o essencial do figurino.

Esta é a elefantina,
por gracioso artifício, que não muda
a linha imemorial,
e esta, sem vaidade, a grega,
e esta outra a mauritânia,
tão suave e lembrada de seus pagos,
que onde quer que a deixem volta sempre
a um apelo de flauta ou de jardim.
O cacto, o líquen seco
nutre as últimas netas dos colossos
vizinhos do Hominídeo
e na solidão dos Galápagos
vai mirrando essa imagem de grandeza,
delicado organismo,
blindada flor que filosofa e pensa
o mundo sem rancor, e nos ensina
que a rude carapaça mais protege
o amor do que o repele.
Lição que nada vale,
pois o que sabe ao paladar corrupto
não é da tartaruga o calmo ser
e florescer à flor da areia ou n'água,
mas a carne fechada
em seu fundo segredo, a carne monacal
de tanto se vestir de solitude.
E vem a tartaruga de avião
para os ritos da morte em nobre estilo.

Fotografada, anunciada, promovida,
será sopa amanhã, por entre árvores
de velho parque onde quisera
antes viver seu tempo meditado.
Levam-na ao Top Clube para exame
de olhos gulosos,
prévia degustação, de faz de conta.
Uma cidade inteira quer comê-la,
mas poucos a merecem por seu preço.
Comer a tartaruga é ato bento
e pobres já desmorrem com sua morte.
Mas vale, vale a pena matar para ajudar?
Recusa-se o mestre-cuca a ser verdugo,
leva-se a tartaruga para a Urca
em compasso de espera. O tempo urge,
esta tartaruga vai morrer,
de qualquer jeito matemo-la, que o fim
é nobre, e sua sopa uma delícia.
A tevê entrevista a pobrezinha,
que mantém um silêncio de andorinha.
Lya Cavalcanti, a sempre alerta
em defesa do vivo e sofredor,
ergue a voz comovida: dois partidos
se enfrentam, linha dura
e linha humanitária.
A tartaruga, sem uma ruga
no pétreo manto além do seu riscado

multissecular, tão pomba e mansa
em seu dulçor de frágil fortaleza,
vê chegado o momento da tortura,
mas eis que uma criança,
que com ela brincou e soube ver
a maravilha do ato de existir,
se levanta da relva e pede em pranto
à mãe, na hora fatal:
"Não deixa ela morrer!" – e a tartaruga
é salva, por encanto.

GATO NA PALMEIRA

Tenho uma amiga fabulosa, que às vezes perco de vista. Procuro em vão seu endereço. Eis que a encontro na rua, e me informa:

— Casa? Estou com três, e não moro em nenhuma. Estão todas ocupadas pelos cachorros que fui apanhando por aí, ou que largaram em frente à porta. Até os empregados que tratam deles levam para lá os seus animais. Tenho vontade de ocupar uma das casas, para voltar a ser gente. Mas para isso preciso comprar enxoval de gente.

Não é mais gente, é são Francisco fantasiado de mulher, ou é cachorro também, por empatia? Certo é que às vezes se cansa, quer deixar de amar os animais doentes ou abandonados. Mas só por um minuto. Logo se arrepende, e:

— Dizem que eu sou boa. Não sou não. Apenas gosto mais de cachorro que de brilhante. Será possível sentir mais prazer em botar um brilhante no dedo do que ver um cachorrinho com sede – lept lept – bebendo água?

E não dá só de beber aos cachorros, dá-lhes carne, injeção, pomada, vitamina C (gastou uma herança nessa brincadeira). Tudo isso é ternura também. Suas três casas são simplesmente canis. Foi processada por latidos que não deixavam os vizinhos dormir. Então, deixou de morar, e saiu por aí, alojando os cães em vivendas só para eles. Mas sua piedade/amor não é só para cão. É para burro velho, pato sem asa, qualquer bicho sofrente. Conta-me, radiante, o caso do gato de Campinho:

O gato, ao fugir do cachorro, subiu ao cocuruto da palmeira, e lá se deixou ficar. Passaram-se dias. Sua dona, cá embaixo, falava-lhe com doçura, sem convencê-lo a descer. Chegaram vizinhos, trazendo varas emendadas para içar alimento, que o gato, desconfiado, repelia. Subir para pegar o bichinho ninguém ousava. Era uma dessas esguias, orgulhosas palmeiras, a que apenas sobem o gato e o bombeiro.

Em tais circunstâncias, o positivo é apelar para minha amiga, que por sua vez apela para o Corpo de Bombeiros, com a autoridade que lhe dá o fazer tudo pelos animais sem nada querer para si. Mas a corporação anda cansada de salvar bichos em abismos, montanhas, beirais de telhado. É demagogia, sentenciou alguém de alto escalão. Além do mais, no lugar onde o diabo do gato se meteu...

— Vocês não vão desmentir a tradição de que para bombeiro nada é impossível! – protestou minha amiga.

— A gente mal acabou de salvar o gato, ele grimpa de novo. Esse bicho é de morte, dona.

Etc. A verdade é que salvar bichos, confortar crianças e adultos desesperados com a situação crítica de animais de estimação sempre foi tarefa que os bombeiros adoraram. O que não os impede de apagar incêndio na hora devida; é sobremesa de todo dia. Os bombeiros do Posto de Campinho estavam desolados, mas, sem ordem superior, nada feito.

De grau em grau, o próprio comandante foi procurado por toda parte. Passava de meia-noite, ele regressava de um congresso internacional de bombeiros e ia dormir, quando minha amiga o localizou e obteve ordem para salvar o gato. Mas já era tarde, ponderou o comandante; tudo se faria no dia seguinte.

— Tarde não, comandante. Tenente Benevenuto disse que se o senhor autorizasse...

— Ah, ele disse isso? Então diga ao tenente Benevenuto que ele mesmo é quem vai tirar o gato. Já.

Tenente Benevenuto estava no primeiro sono. Acordado, vestiu-se, convocou a turma de salvamento e foi salvar o gato. Sem fazer barulho com o carro, para não alarmar uma parte do Rio de Janeiro. Salvaram, dentro da tradição. Eram quatro horas da matina. E como estavam com a mão na massa, dali seguiram para tirar um cavalo caído na vala, em Ricardo de Albuquerque, e apagar um foguinho em Rocha Miranda.

Minha amiga (ela não contou, mas adivinho) deve ter seguido no carro com eles, feliz da vida. Assim é Lya Cavalcanti – não podia ser outra, é claro.

O BOI E O BURRO EXPLICADOS

Há várias explicações para a presença de um boi e de um burro no ato de nascimento de Jesus. A mais sofisticada é que eles são simbólicos: o boi representa o povo judeu acorrentado pela lei; o burro, o mundo pagão. Outros interpretam as figuras animais como antecipações das figuras humanas que cercaram Jesus nos últimos instantes de sua vida: o bom e o mau ladrão, crucificados juntamente com ele. Há quem, realisticamente, prefira admitir que São José levara consigo o burro e o boi, para que o primeiro servisse de montaria à Virgem, e o segundo, vendido, fornecesse o dinheiro necessário ao pagamento do imposto, pois sempre, e não apenas naquele tempo, o fisco é inexorável. Ainda mais cotidiana é a versão segundo a qual São José, proprietário dos dois quadrúpedes, procurava subtraí-los ao recenseamento determinado por César Augusto, Imperador romano, e que incluía não só as pessoas como os animais, sabe-se lá com que intenção.

Nada disso. É muito mais simples e admirável considerar que o boi e o burro estavam ali, e nem podiam deixar de estar, porque Jesus vinha conciliar o terrível gênero humano consigo mesmo e com a criação em todas as suas partículas, inclusive as supostamente desprovidas de razão (como se não houvesse uma razão geral e universal, unindo todos os elementos do grande teatro do mundo).

O boi, em sua placidez, o burro, em sua grave simplicidade, não foram ao estábulo para homenagear o Deus que nascia; moravam lá, eles é que receberam a visita do casal e prestaram as humildes honras da casa ao Menino. Eles é que providenciaram a calefação reclamada em ambiente gélido, para que o Menino não morresse de frio. E o fizeram da maneira mais encantadora: exalando sobre o corpinho indefeso os seus bafos de tépida benevolência.

O primeiro calor que cercou Jesus foi produção natural deles. E o primeiro ato referencial, o primeiro signo de adoração, implicando o reconhecimento da divindade infusa no bebê, não foram os anjos nem os pastores nem os Reis Magos que o praticaram: foram os dois bichos que não tinham informação das Escrituras, e se prosternaram: *agnovit bos et assinus quod puer erat Dominus*. Era meia-noite, hora em que até hoje, na tradição popular, eles continuam liturgicamente a se ajoelhar, no campo ou onde quer que estejam, lembrando o acontecimento de que participaram, menos como privilegiados do que como representantes de toda matéria viva, atenta à chegada de seu Criador sob a forma de matéria viva também, vulnerável como qualquer outra.

A mais antiga iconografia do Natal assim os mostra, assumindo posição de realce na cena: estão em pé de igualdade com a Virgem, na posição junto à cama de palha, como familiares e guardas de absoluta confiança. Mais modernamente, Jerônimo Bosch dá ao boi estrutura e importância monumentais, aos pés de Jesus. É visível o respeito, a compenetrada afeição com que os artistas consignavam o papel desempenhado pelo irmão burro e pelo irmão boi, na excepcionalidade do episódio. Não os viam como testemunhas, mas como agentes de uma situação.

Ora, dirão, tudo não passa de invencionices de um falso evangelho de São Mateus, datado do século VI, que também introduzira no episódio nada menos que duas parteiras, uma cética e outra cheia de fé. O Concílio de Trento fulminou tais fábulas. Mas se é exato que a Virgem não dispôs de parteira para dar à luz um Deus, e mesmo o teve suavemente, não é menos certo que ninguém consegue desligar do Natal a companhia do boi e do burro, incorporados para sempre à visão que temos da manjedoura de Belém. E bendito seja esse pseudo Mateus com sua imageria apócrifa. Nem era preciso citar, em interpretação forçada, Isaías, I, 3: "O boi conhece o seu possuidor, e o burro o presépio do seu dono." Burro e boi explicam-se por si mesmos, na hora e vez.

Jesus não podia ter outros companheiros mais comezinhos, ao encarnar-se entre pobreza, humildade e trabalho. Se os russos colocam no lugar desse burro, que eles não conhecem, esbelta silhueta do cavalo, se outros povos substituem o boi pelo búfalo, que lhes é mais familiar, se qualquer bicho da terra pode com dignidade assumir a responsabilidade sacra daqueles dois no quadro bíblico, o pensamento divino se manifesta de igual modo: Jesus veio dar o recado de que a vida é um todo, e que nem indivíduos nem povos nem nações devem tentar dissociá-lo. Em outros termos: vale a pena tentar a experiência do amor.

XII

OS BICHOS AINDA NÃO GOVERNAM O MUNDO

BICHO NÃO FALA? FALA

De saída você leva um susto, quando a mão lhe estende o jornalzinho grampeado, feito na copiadora. O título é desses que sugerem alguma coisa mais do que dizem: *A Voz dos que Não Falam*. Quem serão esses que não falam? E por que não falam? Será que não lhes é permitido falar?

Tranquilizem-se os órgãos que velam pela segurança do País. "Os que não falam", mas têm voz, são simplesmente os bichos, e a voz jornalística de que se servem não cuida de política. Emite apenas sons, as súplicas e os chamados que visam ao entendimento geral das espécies – o homem e eles, sejam gato, cachorro, touro, lhama, ave, formas vivas da mesma natureza que nos engendrou a todos, e da qual nós, homens, nos distanciamos lamentavelmente cada vez mais.

O jornaleco – este nome lhe convém, sem menosprezo, e os bichos não se importam com isto – saiu este mês em edição anual, que as finanças animais não dão para diário nem mesmo semanário ou mensário. Quem foi à Praça General Osório para assistir à bênção dos bichos no dia de São Francisco de Assis, pôde ler seus artigos e notícias, pois o jornal é distribuído ali, sem banca nem jornaleiro. Não tem preço de assinatura nem de venda avulsa, não tem nada a não ser a redatora e a ilustradora, que captam a voz e a figura dos bichos, como intérpretes autorizados. A autoridade lhes vem de contínua dedicação aos problemas de relacionamento gente-animal, na teoria e na prática. Onde há um ponto de doutrina a discutir, uma lei específica desobedecida, uma providência salvadora a tomar, na defesa do burro velho atirado às moscas, lá estão as duas e mais suas companheiras e companheiros, pequena legião da APA, fazendo o possível e às vezes o impossível, para que este mundo se torne menos estúpido e cruel, e aprenda a lei da convivência dos seres.

Este número da *Voz* está quente e celebra com razão dois pronunciamentos animadores. O primeiro é a posição assumida pelo Instituto dos Advogados contra o falso esporte da briga de galos. Nos Estados Unidos, até quem assistir a um combate destes é passível de multa e prisão. No Brasil, não obstante legislação proibitiva, promovem-se ostensivamente "torneios nacionais de briga de galos". Três advogados representaram ao Instituto contra o abuso. Este, aprovando parecer de

Thomas Leonardos, resolveu dirigir-se ao ministro da Justiça, para que se recomende aos governadores de Estado que mandem fechar as rinhas de galos, "em obediência à lei e em respeito ao sentimento de piedade, sem o qual o *Homo sapiens*, além de perder sua sapiência, deixa de ser humano e se transforma – nessa modalidade de culto e apreço à volúpia da violência e da maldade, – no ser mais perigoso e vil da escala zoológica". Mais uma vez, os advogados brasileiros cumprem sua missão moral, reivindicando também os direitos dos chamados irracionais.

A outra notícia alentadora vem de Brasília. O deputado Luís Peixoto (seu homônimo, o querido teatrólogo e caricaturista, aplaudirá a ideia, tenho certeza) apresentou projeto regulamentando as experiências com animais em laboratórios. Um projeto é um projeto, simples vir a ser, nem sempre chegando à existência real. Mas este é uma esperança que surge, e palmas para ele. Como diz o jornalzinho dos animais, "o que se faz em nome da ciência, na maioria dos casos sem a menor utilidade, em monótona e lúgubre repetição de coisas já descobertas e muitas vezes superadas, é talvez a maior acumulação de culpa que o homem deposita sobre os seus próprios ombros".

A Voz dos que Não Falam conta ainda casos exemplares de bichos e homens, que passam despercebidos mas são ricos de lição. O carinho dos bombeiros por sua mascote, o cachorro Blitz, que morreu de velho como bombeiro aposentado. O desaparecimento de outro cachorro em Laranjeiras, que preocupa muitas pessoas do bairro; era companheiro unha e carne de um precursor dos *hippies* e fazia parte da paisagem do bairro. O quati que foi morar no gatil de Eliete e está se adaptando como pode. Os jornais diários já se interessam por estes casos: cada morador novo do Jardim Zoológico ou do Campo de Santana ganha foto e notícia; o nascimento de uma ninhada de cisnes é matéria de chamada na primeira página. Bom indício, mostrando a voz dos que não falam apoiada pela voz dos que falam mesmo. O trabalho de Lya Cavalcanti, Eliete Pinto e sua equipe está frutificando. É isso aí, bichos.

CONHEÇA E DIVULGUE OS DIREITOS DO ANIMAL

Algum dia você já parou para pensar que os animais também têm direitos? E que cabe ao homem reconhecer esses direitos, num universo cada dia mais controlado pelo ser humano?

Pois então fique sabendo que 30 anos depois de votada pela ONU, em Paris, a Declaração Universal dos Direitos do Homem, a UNESCO, também em Paris, acaba de aprovar a Declaração Universal dos Direitos do Animal, na mesma trilha filosófica que inspirou o primeiro documento. E não foi por iniciativa direta das associações de proteção aos animais, tantas vezes acusadas (injustamente) de passionalismo. Quem propôs a Declaração foi um cientista ilustre, o Dr. Georges Heuse, secretário-geral do Centro Internacional de Experimentação de Biologia Humana, organização da qual participam luminares da ciência mundial.

Os direitos do homem foram definidos, em 1948, num corpo de 31 artigos. Os do animal cabem em 14. A declaração de 1978 é precedida de uma breve "Declaração dos Pequenos Amigos dos Animais". Compreende-se. É necessário introduzir no processo educativo a consciência da vida como um todo natural, pois só assim o homem feito saberá honrar seu compromisso ético para com o meio em que se desenrola o seu destino.

Mas os comentários ficam para depois. No momento, o importante é divulgar o mais possível os textos de Paris, e da minha parte começo a fazê-lo agora:

Declaração dos pequenos amigos dos animais

"1. Todos os animais têm, como eu, direito à vida e à felicidade.

2. Não abandonarei o animal que vive em minha companhia, assim como não desejaria que meus pais me abandonassem.

3. Não maltratarei os animais; eles sofrem como a gente.

4. Não matarei animais. Matar por divertimento ou por dinheiro é crime.

5. Os animais têm, como eu, direito a viver em liberdade. Os circos e os jardins zoológicos são prisões de animais.

6. Aprenderei a observar, a compreender os animais e a gostar deles. Os animais me ensinararão a respeitar a natureza e a vida."

Preâmbulo

Considerando que todo animal possui direitos;

Considerando que o desconhecimento e o desprezo desses direitos levaram e continuam levando o homem a cometer crimes contra a natureza e contra os animais;

Considerando que o reconhecimento, pela espécie humana, do direito à existência de outras espécies animais constitui o fundamento da coexistência das espécies no mundo;

Considerando que genocídios são perpetrados pelo homem e ameçam ser perpetrados;

Considerando que o respeito aos animais pelo homem está ligado ao respeito dos homens entre si;

Considerando que a educação deve ensinar desde a infância a observar, compreender, respeitar e amar os animais, é proclamado o seguinte:

Declaração universal dos direitos do animal

"Artigo 1º. Todos os animais nascem iguais perante a vida e têm os mesmos direitos à existência.

Art. 2º. O homem, como espécie animal, não pode exterminar os outros animais, ou explorá-los violando este direito; tem obrigação de colocar os seus conhecimentos a serviço dos animais.

Art. 3º. 1) Todo animal tem direito à atenção, aos cuidados e à proteção do homem.

2) Se a morte de um animal for necessária, deve ser instantânea, indolor e não geradora de angústia.

Art. 4º. 1) Todo animal pertencente a espécie selvagem tem direito a viver livre em seu próprio ambiente natural, terrestre, aéreo ou aquático, e tem direito a reproduzir-se.

2) Toda privação de liberdade, mesmo se tiver fins educativos, é contrária a este direito.

Art. 5º. 1) Todo animal pertencente a uma espécie tradicionalmente ambientada na vizinhança do homem tem direito a viver e crescer no ritmo e nas condições de vida e liberdade que forem próprias de sua espécie.

2) Toda modificação deste ritmo ou destas condições, que for imposta pelo homem com fins mercantis, é contária a este direito.

Art. 6º. 1) Todo animal escolhido pelo homem para companheiro tem direito a uma duração de vida correspondente à sua longevidade natural.

2) Abandonar um animal é ação cruel e degradante.

Art. 7º. Todo animal utilizado em trabalho tem direito à limitação razoável da duração e da intensidade desse trabalho, a alimentação reparadora e repouso.

Art. 8º. 1) A experimentação animal que envolver sofrimento físico ou psicológico é incompatível com os direitos do animal, quer se trate de experimentação médica, científica, comercial, ou de qualquer outra modalidade.

2) As técnicas de substituição devem ser utilizadas e desenvolvidas.

Art. 9º. Se um animal for criado para a alimentação, deve ser nutrido, abrigado, transportado e abatido sem que sofra ansiedade ou dor.

Art. 10º. 1) Nenhum animal deve ser explorado para divertimento do homem.

2) As exibições de animais e os espetáculos que os utilizam são incompatíveis com a dignidade do animal.

Art. 11º. Todo ato que implique a morte desnecessária de um animal constitui biocídio, isto é, crime contra a vida.

Art. 12º. 1) Todo ato que implique a morte de um grande número de animais selvagens constitui genocídio, isto é, crime contra a espécie.

2) A poluição e a destruição do ambiente natural conduzem ao genocídio.

Art. 13º. 1) O animal morto deve ser tratado com respeito.

2) As cenas de violência contra os animais devem ser proibidas no cinema e na televisão, salvo se tiverem por finalidade evidenciar ofensa aos direitos do animal.

Art. 14º. 1) Os organismos de proteção e de salvaguarda dos animais devem ter representação em nível governamental.

2) Os direitos do animal devem ser defendidos por lei como os direitos humanos."

AI, NATUREZA!

Burle Marx tem razão em botar a boca no mundo, ao ver que o homem, para viver, vai acabando com a vida. Só que em redor poucos o escutam, e sua voz soa como a do profeta clamando no deserto. E é justamente isso que se está construindo por toda parte: um imenso, sofisticado, irrecuperável deserto, cheio de tecnologias de conforto, mas onde o apodrecimento e a morte vão instalando seu domicílio.

Será necessário repetir sempre que o homem não é senhor da natureza, mas parte integrante dela, em condomínio a que preside, com a responsabilidade de uma inteligência crítica e analítica, que o obriga a considerar vitais as suas relações com o meio em que se move? Este privilégio intelectual não pode ser usado para proveito imediato que importe em ruína futura, sob pena de tornar-se a negação da própria faculdade de pensar. Seria pensar pelo avesso. Pois é justamente o que fazem inúmeras pessoas interessadas em tirar lucro da destruição implacável dos sítios naturais, com sacrifício da flora e da fauna que eles ostentam.

Aqui são montanhas inteiras que se pulverizam e se exportam, ali são quedas-d'água monumentais ameaçadas de desaparecer por imperativo do desenvolvimento, e em todo o país a caça predatória, o aniquilamento consciente de espécimes vegetais e animais indispensáveis à manutenção do quadro natural da vida como processo universal. Tudo isso é expressamente vedado em leis, e para tornar mais taxativa a defesa de tais valores, muitos deles são inscritos em registro oficial, que lhes assegure a proteção direta do Estado. Tem acontecido, porém, que o Estado lhes retire a proteção e submeta-os a um interesse de ordem econômica prevalecente, por admitir que a economia é superior à vida.

Sim, há leis variadas para defender a natureza. Procuram compatibilizar o princípio conservacionista com as exigências crescentes da organização social. Pena é que, na prática, o texto legal seja ignorado ou entendido hipocritamente. Mesmo esse texto, não raro, peca por duplicidade. Proíbe-se, no artigo, o que permite em outro artigo ou parágrafo casuístico, em que a exceção se torna regra, e só ela é observada.

Veda-se, por exemplo, o exercício da caça profissional, mas estabelecem-se condições para funcionamento de clubes ou sociedades amadoristas de caça e tiro ao voo, como se o tiro dado pelo amador não fosse tão mortífero quanto o do profissional. É só exibir a carteirinha de sócio, à hora da prisão em flagrante, no caso de aparecer um guarda por perto. Mas sabe-se também que os guardas rareiam. Até o pequeno incômodo é poupado ao caçador, e a fauna do Brasil fica dependendo da boa ou má pontaria de quem gosta de matar, por esporte, ganância ou sadismo.

O preceito geral é este: "Os animais de qualquer espécie, em qualquer fase de seu desenvolvimento, e que vivem naturalmente fora de cativeiro, constituindo a fauna silvestre, bem como seus ninhos, abrigos, criadouros naturais, são propriedade do Estado, sendo proibida sua utilização, perseguição, destruição, caça ou apanha." Satisfeitas, porém, determinadas exigências legais, "poderão ser mantidos em cativeiro espécimes da fauna silvestre".

Que se entende por "manter em cativeiro"? Casas de aves e pequenos animais costumam dar ao substantivo o sentido que antes de 1888 lhe atribuíam os mais ferozes senhores de escravos: tortura. Não é nada agradável passar por um desses cárceres entupidos de gaiolas e caixas minúsculas, onde animais se amontoam à espera de serem resgatados, às vezes para variar de suplício. E aí se chega ao ponto em que nenhuma lei, perfeita que seja, vigora: a relação da pessoa humana com o animal, em casa daquela.

Só a educação da sensibilidade, o senso do mundo como unidade vivente e solidária, pode iluminar o possuidor de um bicho, para que no trato diário, ele dê e receba compreensão e amor.

Diante do mundo vegetal, também a educação se faz imprescindível. Não basta a lei, obviamente indispensável. É necessário que alguma coisa mais se filtre no comportamento humano em face da vegetação. Um dia desses, Burle Marx falou que brasileiro tem medo de planta. Eu não diria tanto, embora reconhecendo a indiferença ou hostilidade de muitos com relação a ela. É conhecido o vínculo instintivo que une pessoas humildes às plantas em sua volta. Num vaso de flor, às vezes, o brasileiro despojado do uso de parques e jardins, concentra dose compensadora de ternura. Hoje não há quem não queira ter em casa pelo menos uma begônia, uma folhagem qualquer, para apegar-se a ela como à raiz obscura de sua vida. E a planta lhe dá em troca um pouco de alegria. Mas há a legião dos derrubadores, há a exploração cega dos recursos da Terra, e este é o mal que envolve em sua ferocidade tudo que é vida chamada a coexistir com a nossa. Vozes clamantes, como a de Burle Marx, devem ser ouvidas enquanto é tempo.

FONTES

"Anedota búlgara": *Alguma poesia*. Belo Horizonte: Edições Pindorama, 1930.

"Autobiografia para uma revista": *Confissões de Minas*. Rio de Janeiro: Americ-Edit, 1944.

"Nova canção do exílio", "O elefante" e "Episódio": *A rosa do povo*. Rio de Janeiro: José Olympio, 1945.

"Meu companheiro": *Contos de aprendiz*. Rio de Janeiro: José Olympio, 1951.

"Um boi vê os homens": *Claro enigma*. Rio de Janeiro: José Olympio, 1951.

"Beija-flores do Brasil" e "O gato solteiro": *Viola de bolso*. Rio de Janeiro: Serviço de Documentação do MEC, 1952.

"Estória": *Correio da Manhã*, 10 jul. 1955.

"O cão viajante", "O pintinho" e "Elegia de Baby": *Fala, amendoeira*. Rio de Janeiro: José Olympio, 1957.

"Leão-marinho": *A vida passada a limpo*. In: *Poemas*. Rio de Janeiro: José Olympio, 1959.

"Perde o gato" e "Caso de canário": *Cadeira de balanço*. Rio de Janeiro: José Olympio, 1966.

"Fábula", "Alta cirurgia" e "A tartaruga": *Versiprosa*. Rio de Janeiro: José Olympio, 1967.

"Duas girafas": *Correio da Manhã*, 6 jul. 1968.

"Parêmia de cavalo", "Surpresa", "Nomes", "Mulinha", "Estrada", "Açoita-cavalo", *"Melinis minutiflora"*, "Boi-tempo", "O belo boi de Cantagalo", "Anta", "Matar" e "Chamado geral": *Boitempo & A falta que ama*. [*(In)* *Memória – Boitempo I*]. Rio de Janeiro: Sabiá, 1968.

"Da utilidade dos animais": *Jornal do Brasil*, 18 mar. 1971.

"Os animais, a cidade": *Jornal do Brasil*, 7 out. 1971.

"Os bichos estranhos": *Jornal do Brasil*, 9 set. 1972.

"Bichos, ainda": *Jornal do Brasil*, 19 set. 1972.

"Gato na palmeira" e "Elefantes": *O poder ultrajovem*. Rio de Janeiro: José Olympio, 1972.

"O passarinho em toda parte": *As impurezas do branco*. Rio de Janeiro: José Olympio, 1973.

"Pavão" e "Primeiro automóvel": *Menino antigo (Boitempo II)*. Rio de Janeiro: José Olympio; Brasília: Instituto Nacional do Livro, 1973.

"Bicho não fala? Fala": *Jornal do Brasil*, 9 out. 1973.

"Elefantex S.A.", "Peixe-boi", "Civilização" e "Outra barata": *De notícias & não notícias faz-se a crônica*: histórias, diálogos, divagações. Rio de Janeiro: José Olympio, 1974.

"O boi e o burro explicados": *Jornal do Brasil*, 24 dez. 1974.

"Ai, natureza!": *Jornal do Brasil*, 3 jul. 1975.

"Jacaré-de-papo-azul": *Os dias lindos*. Rio de Janeiro: José Olympio, 1977.

"Ultratelex a Francisco": *Discurso de primavera e algumas sombras*. Ilustrações de Carybé. Rio de Janeiro: José Olympio, 1977.

"Conheça e divulgue os direitos do animal": *Jornal do Brasil*, 21 out. 1978.

"Verão excessivo", "Andorinha de Atenas", "A hóspede importuna", "O sexto gato", "O assalto", "História mal contada", "O papagaio premiado", "Os licantropos", "Leite sem parar", "A bailarina e o morcego", "O lazer da formiga", "O amor das formigas", "Rick e a girafa", "Na cabeceira do rio", "Caso de baleias" e "Subsistência": *Contos plausíveis*. Ilustrações de Irene Peixoto e Márcia Cabral. Rio de Janeiro: José Olympio; Editora JB, 1981.

"O gato falou": *Jornal do Brasil*, 21 dez. 1982.

"Um cão, outro cão" e "O rato e o canário": *Boca de luar*. Rio de Janeiro: Record, 1984.

"História natural": *Corpo*. Ilustrações de Carlos Leão. Rio de Janeiro: Record, 1984.

"Salvar passarinho" e "Meu verdoengo tucano": *Mata Atlântica*. Fotos de Luiz Cláudio Marigo. Com texto de Alceo Magnani. Rio de Janeiro: Chase Banco Lar; AC&M, 1984. [Edição bilíngue]

"Tucano": *Pantanal*. Fotos de Luiz Claudio Marigo. Com texto de Alceo Magnani. Rio de Janeiro: Chase Banco Lar; AC&M, 1985. [Edição bilíngue]

"O cão de dois donos", "Os bichos chegaram" e "A visita da borboleta": *Moça deitada na grama*. Rio de Janeiro: Record, 1987.

"Dois sonhos", "Fera" e "Elegia a um tucano morto": *Farewell*. Vinhetas de Pedro Augusto Graña Drummond. Rio de Janeiro: Record, 1996.

AUTOBIOGRAFIA PARA UMA REVISTA

Convidado pela *Revista Acadêmica* a escrever minha autobiografia, relutei a princípio, por me parecer que esse trabalho seria antes de tudo manifestação de impudor. Refleti logo, porém, que, sendo inevitável a biografia, era preferível que eu próprio a fizesse, e não outro. Primeiro, pela autoridade natural que me advém de ter vivido a minha vida. Segundo, porque, praticando aparentemente um ato de vaidade, no fundo castigo o meu orgulho, contando sem ênfase os pobres e miúdos acontecimentos que assinalam a minha passagem pelo mundo, e evitando assim qualquer adjetivo ou palavra generosa, com que o redator da revista quisesse, sincero ou não, gratificar-me.

Isto posto, declaro que nasci em Itabira, Minas Gerais, no ano de 1902, filho de pais burgueses que me criaram no temor de Deus. Ao sair do grupo escolar, tomei parte na guerra europeia (pesa-me dizê--lo) ao lado dos alemães. Quando o primeiro navio mercante brasileiro foi torpedeado, tive que retificar a minha posição. A esse tempo já conhecia os padres alemães do Verbo Divino (rápida passagem pelo Colégio Arnaldo, em Belo Horizonte). Dois anos em Friburgo, com os jesuítas. Primeiro aluno da classe, é verdade que mais velho que a maioria dos colegas, comportava-me como um anjo, tinha saudades da família, e todos os outros bons sentimentos, mas expulsaram-me por "insubordinação mental". O bom reitor que me fulminou com essa sentença condenatória morreu, alguns anos depois, num desastre de bonde na rua São Clemente. A saída brusca do colégio teve influência enorme no desenvolvimento dos meus estudos e de toda a minha vida. Perdi a Fé. Perdi tempo. E sobretudo perdi a confiança na justiça dos que me julgavam. Mas ganhei vida e fiz alguns amigos inesquecíveis. Casado, fui lecionar geografia no interior. Voltei a Belo Horizonte, como redator de jornais oficiais e oficiosos. Mário Casassanta levou-me para a burocracia, de que tenho tirado o meu sustento. De repente, a vida começou a impor-se, a desafiar-me com seus pontos de interrogação, que se desmanchavam para dar lugar a outros. Eu liquidava esses outros, mas apareciam novos. Meu primeiro livro, *Alguma poesia* (1930), traduz uma grande inexperiência do sofrimento e uma deleitação ingênua com o próprio indivíduo. Já em *Brejo das almas* (1934), alguma coisa se compôs, se organizou; o individualismo será mais exacerbado, mas há também uma consciência crescente da sua precariedade e uma desaprovação tácita da conduta (ou falta de conduta) espiritual do autor. Penso ter resolvido as contradições elementares da minha poesia num terceiro volume, *Sentimento do mundo* (1940). Só as elementares: meu progresso é lentíssimo, componho muito pouco, não me julgo substancialmente e permanentemente poeta. Entendo que poesia é negócio de grande responsabilidade, e não considero honesto rotular-se de poeta quem apenas verseje por dor de cotovelo, falta de dinheiro ou momentânea tomada de contato com as forças líricas do mundo, sem se entregar aos trabalhos cotidianos e secretos da técnica, da leitura, da contemplação e mesmo da ação. Até os poetas se armam, e um poeta desarmado é, mesmo, um ser à mercê de inspirações fáceis, dócil às modas e compromissos. Infelizmente, exige-se pouco do nosso poeta; menos do que se reclama ao pintor, ao músico, ao romancista... Mas iríamos longe nesta conversa. Entro para a antologia, não sem registrar que sou o autor confesso de certo poema, insignificante em si, mas que a partir de 1928 vem escandalizando meu tempo, e serve até hoje para dividir no Brasil as pessoas em duas categorias mentais:

No meio do caminho tinha uma pedra
tinha uma pedra no meio do caminho
tinha uma pedra
no meio do caminho tinha uma pedra.

Nunca me esquecerei desse acontecimento
na vida de minhas retinas tão fatigadas.
Nunca me esquecerei que no meio do caminho
tinha uma pedra
tinha uma pedra no meio do caminho
no meio do caminho tinha uma pedra.

Este livro foi composto na tipografia Minion Pro,
em corpo 11/16, e impresso no Sistema Digital
Instant Duplex da Divisão Gráfica
da Distribuidora Record.